赤羽せんべろ まねき猫

坂井希久子
Kikuko Sakai

中央公論新社

目次

赤羽せんべろ　まねき猫

第一章　せんべろの街

一

こんな日が、いつか来ると分かっていたのかもしれない。

もしもの場合に備えて渡されていた合鍵を握りしめ、篠崎明日美《しのざきあすみ》は一軒の家の前に立っていた。

ＪＲ赤羽《あかばね》駅の東口を出て、徒歩五分。ラーメン屋とホルモン屋の間に挟まれたその家もまた、店舗付きの住宅である。一階上部には看板を兼ねた固定テントが張り出しており、丸っこい書体で「まねき猫」とプリントされている。

ずいぶん年季の入った建物だ。外壁はひび割れており、元は鮮やかな緑だったらしい固定テントも雨垂れの跡を残して退色している。いつからなのか二階の窓の一部が割れて、ベニヤ板で塞《ふさ》いであった。

十六年前に明日美の父が居抜きで買った、立ち飲み居酒屋である。そのころ明日美は結婚をして中国地方の小都市に住んでいたから、ここには数えるほどしか来たことがない。いろいろあって独り身に戻ってからは、すっかり疎遠になっていた。

でもやっぱり、関わらずにいることはできないのね――。

明日美にとって父はもはや、唯一の肉親だった。十年もの長きにわたり没交渉だったとしても、倒れたと聞かされては駆けつけないわけにいかなかった。

救急病院からの着信に気づいたのは、昨日のこと。仕事を上がった後だった。

明日美は現在、新宿《しんじゅく》のコールセンターで働いている。勤務中はスマホの電源を切っておく決まりのため、午後八時を過ぎてからやっと留守電を聞いた。救急病院の看護師が事務的に、父親が倒れて搬送された旨を伝えていた。

赤羽の高台にある病院だった。新宿からなら、埼京《さいきょう》線に乗ればすぐに着く。慌てて駆けつけてみたがＨＣＵ（高度治療室）に入ってしまった父とは会えぬまま、入院誓約書や各種同意書にサインを求められた。倒れたというから転んで骨でも折ったのかと思いきや、はるかに大ごとになっていた。

脳出血だと、担当医師は言っていた。「まねき猫」の店内で倒れているところを発見されて、病院に担ぎ込まれたという。一昼夜ほどもその場に倒れていたようで、熱中症まで引き起こしていたそうだ。

父は昔から、血圧が高かった。そのくせ医者嫌いで通院や服薬を避ける傾向にあり、医学的に有効な手立てを取っていたかどうかは分からない。

ここ十年は、連絡すら取り合っていなかったのだ。医師から常備薬の有無や病歴について質問されても、明日美はなにも答えることができなかった。ただ「もしものときには延命治療を望みますか」という問いにだけは、「いいえ」と首を振っていた。

　突然のことで、父の健康保険証や身分証は手元になかった。一方的に押しつけられていた合鍵だって持ち歩いてはおらず、一夜明けた今日、こうして家の前に立っている。

　父の持ち家とはいえ、実家と呼べるほど親しみのある場所ではないから、勝手に入るのは気が引けた。この空白の十年間、彼がどんなふうに暮らしていたのかを、知りたくないような気もしていた。

　だけどもう、やむを得ない。キーリングについている鍵は二つ。小さいほうが、店舗のシャッターのものだろう。

　ひとまずは、シャッターの鍵穴に鍵を挿《さ》す。カチリと音がしたのをたしかめてから、把《とっ》手《て》に指をかけた。


「あれ？」

　ガラガラと音を立てて開くはずのシャッターは、力を込めてもぴくりともしなかった。

　建てつけが悪いせいかと思ったが、明日美の力に断固逆らわんとするシャッターの意志らしきものを感じた。鍵を開けたつもりが、閉めてしまったようである。

　つまり、もともと開いていた？

　それもそうか。倒れていた父を発見したのは、きっと外部の人だ。手元に鍵がなく、防犯のため表のシャッターだけを下ろして帰ったのかもしれない。

今度こそ鍵を開け、シャッターを引き上げる。ところどころ錆《さ》びており、重たい上に音がうるさい。なんとか上まで上げた先は、腰高窓のついたアルミの引き戸だ。窓越しに、薄暗い店内が窺《うかが》える。

L字型のカウンターに、背の高いテーブルが三つ。片隅にホッピーのケースが積み上げてあるのは、混雑時にテーブル代わりにするためだろう。突き当たりの暖簾《のれん》を潜《くぐ》れば、二階へと続く階段がある。

火の気も人気《ひとけ》もない居酒屋は、必要以上に閑散としている。壁一面に貼られたお品書きは、父の字ではなかった。あれは、誰に書いてもらったのだろう。

梅雨《つゆ》明け宣言はまだ出ていないが、七月の太陽がじりじりと、明日美のうなじを炙《あぶ》っている。湯上がりに乾かすのが面倒で、髪はもう長いことショートカットだ。熱を持ってきたうなじを撫《な》でながら、こんなところでぼんやりしている場合ではないと気づく。

この界隈《かいわい》には、昔の知り合いが多いのだ。なるべくなら、顔を合わせたくはない。意を決して引き戸に手をかけてみると、やはり鍵はかかっておらず、滑りは悪いながらも横に開いた。

「お邪魔します」と、誰にともなく小声で呟《つぶや》いてしまう。

店舗の床は土間になっており、中に入ると足元がひやりとした。二階へと向かう前に、カウンター越しの厨房《ちゅうぼう》にある、業務用の冷蔵庫に目を遣《や》った。

あの中には、日持ちのしない食材が詰まっているはずだ。父は当分戻れないだろうから、放っておけば腐ってしまう。次の休日にでも、整理をしに来るべきか。あいにく今日は十一時から、コールセンターのシフトが入っていた。

今後はこうやって自分の時間が、父の「後始末」のために削られてゆくのか。昨日の段階で医師からは、回復しても体に麻痺《まひ》が残ると聞かされている。そうなればこの店の始末も、明日美の責任でやらねばならない。

父の容態を心配するより、面倒なことになったという思いのほうが強かった。そんな自分はきっと、冷たい人間なのだろう。ますます憂鬱になって、足元に向かって「あーあ」とため息をつく。

「もしかして、明日美さん？」

思いがけぬ近さから名を呼ばれ、危うく飛び上がりそうになった。

「えっ！」と顔を上げてみると、カウンターの中に女が一人佇《たたず》んでいる。なにもないところから突然現れたはずがない。さっきまで床にしゃがんでおり、明日美からは死角になっていたのだろう。

面識のない女だった。目元や頰の肉が柔らかくたるんでいるところを見ると、年齢は還暦あたりと思われる。年相応に脂肪のついた体にタイトなワンピースをまとっており、髪型は昔のキャバ嬢を彷彿《ほうふつ》とさせる、トップにボリュームのあるハーフアップだ。全体的に若作りで、おまけに声が酒焼けしていた。

「あの――」

どなたですかと聞きたいのに、言葉が出ない。女は屈《かが》み込んで掃除をしていたようで、柄の短い箒《ほうき》とちり取りを携えていた。

足踏み式のゴミ箱の蓋を開け、女はちり取りの中身をそこへ空ける。割れた陶磁器の欠片《かけら》らしきものが、音を立てて滑り落ちてゆく。

「お父さんの具合はどう？」

明日美がなにも答えられずにいるうちに、質問が重ねられた。父が倒れて病院に運び込まれたことは、すでに知っているようだ。

「あなたは？」と、辛うじて尋ねる。

女はおもむろに作業台に置いてあった煙草《タバコ》の箱を手に取ると、明日美にひと言断るでもなく、一本咥《くわ》えて火をつけた。先端がジジジと音を立てるほどめいっぱい吸い込んでから、軽く顔を背けてアンニュイに煙を吐き出す。

「私、梅野《うめの》ひかり。ここに倒れてた時次郎《ときじろう》さんを見つけて、一一九番したのよ」

時次郎というのが、父の名だった。ひかりは自分の足元を指差している。どうやら父は、厨房に立っている最中に脳出血を起こして倒れたらしい。その拍子に、皿かなにかが一緒に割れたのだろう。ひかりはそれを片づけていたのだ。

「そうだったんですね。ありがとうございます」

心の底から思っているわけでなくとも、礼は述べておくべきだ。複雑な感情を抱きつつ、明日美はぺこりと頭を下げる。作業台に置かれた煙草の横には、まねき猫形のキーホルダーがついた鍵が載っている。

見比べてみなくても、明日美が持っている合鍵と同じものだ。シャッターと、店舗の鍵。

この人は、自由にここに出入りできる身の上らしい。

たぶん、父の今の彼女なんだろう。

と、見当をつける。ひかりは父時次郎の歴代の恋人たちと、雰囲気がよく似ていた。


時次郎は、常識では測れない男だった。少なくとも世間一般の父親像からは、大きくかけ離れていた。

実家は長野の旧家だというが、とっくの昔に勘当されており、明日美は父方の親戚を一人も知らない。ただし手切れ金として親の遺産からまとまった金額をもらったらしく、時次郎はよく飲み歩いていた赤羽の街に、二階建てのアパートを建てていた。

明日美はその一室に、生まれ育った。六畳の和室が二つに、ダイニングキッチン。お風呂はバランス釜で、シャワーはついていなかった。

その部屋に、親子三人で暮らしていた、はずだった。明日美が「お母さん」と呼んで親しんでいた人が実の母ではなく、時次郎との間に婚姻関係すらないことを知ったのは、小学三年生の夏だった。

実の母は明日美がうんと幼いころに、時次郎に嫌気が差して逃げたらしい。そして「お母さん」にもまた、そのときが迫っていた。

「明日美ちゃん、ごめんね」と、「お母さん」はその日泣いていた。

「お父さんとはずいぶん長く一緒にいたけど、もう疲れてしまったの」

明日美が小学校に上がってから弁当屋でパートをはじめた「お母さん」は、そこで自分だけを愛してくれる実直な男と知り合ったのだ。彼女は当時三十代半ばで、まだいくらでもやり直しのきく歳《とし》だった。

「お願い、一緒に連れてって」と、明日美も泣いた。実の父とはいえ、ふらふらと遊び歩いてばかりの時次郎には、まったく愛着がなかった。

でも「お母さん」とは戸籍上ですら繋《つな》がっておらず、共に行くことはできなかった。

「明日美ちゃんの面倒はちゃんと見るよう、お父さんに言っておいたから」

そう言い残し、「お母さん」は去って行った。

その後は短いスパンで時次郎の恋人たちがかわるがわる家に出入りして、明日美の世話をしてくれた。親切な人もいればドライな人もいたが、一番やっかいなのは時次郎の本命になりたいあまり、張りきりすぎてしまう人だった。

そういうタイプは明日美に気に入られようと必死で、余計な領域にまで踏み込んできた。ある女に「明日美ちゃんと仲良しになりたいの」とペアルックを強要されたときは、心底うんざりしてしまった。拒否すると、とたんに不機嫌になるところも恐ろしかった。

いずれもスナックかなにかで知り合った女らしく、見た目が派手で香水臭かった。中身がクズであるにもかかわらず時次郎は長身でルックスがよく、異性からもてたようだ。恋人が途切れないばかりか常に複数人いて、女たちもそれを承知で競い合っていた。

もうたくさんだと思ったのは、アパートの部屋で鉢合わせた二人の女が、摑《つか》み合いの大《おお》喧嘩《げんか》をはじめたときだった。仲裁に入ろうとした明日美は片方の女が振り上げた四角い置き時計の角で、額を三針縫う怪我《けが》を負った。

それ以来、すべての女たちは出入り禁止になった。明日美が時次郎に直接「いい加減にしてほしい」と文句を言い、聞き入れられた結果である。

「お母さん」が出て行ってからずっと、気の休まらぬ日々を過ごしていたが、明日美は久し振りに自宅でゆったりと寛《くつろ》ぐことができた。すでに中学生になっており、身の回りのことは自分でできる。時次郎は相変わらず家に帰ったり帰らなかったりを繰り返していたが、そういうものだと思っていたからべつに寂しくはなかった。


「それで、どうなの。お父さんの容態は」

梅野ひかりの見た目に触発されて昔のことを思い出したせいで、会話が不自然に止まっていた。同じ問いを重ねられ、明日美はハッと我に返る。

「今は、ＨＣＵで処置をしてもらっています。命に別状はないみたいですが、体に麻痺が残るらしくて――」

「そう」

ひかりは時次郎の不運を嘆くでも、娘の明日美を気遣うでもなく、短く答える。やさぐれたように煙草を吸う仕草からは、彼女自身の悲しみや狼狽《ろうばい》は読み取れなかった。

なんだか、クールな人だな——。

明日美にとっては、それがありがたい。大袈裟《おおげさ》に悲しまれたり、心配をされてしまったら、自分の感情が追いつかない。時次郎が一命を取り留めたことが、嬉《うれ》しいのかどうかも分からないのだ。相手に調子を合わせるだけで、疲弊しそうだった。

そう思った矢先、ひかりは盛大に煙を吐き出してから、短くなった煙草を足元に落とした。さらにはそれを、サンダルを履いた足で踏み消す。

「ええっ！」と、驚愕《きょうがく》が声になってほとばしった。

昨今は喫煙率の低下で、道端にすらあまり吸い殻は落ちていない。それなのに、屋内でポイ捨てをする猛者《もさ》がいるとは。信じられない光景を見てしまった。

「ああ、これはいいのよ。この店は喫煙可なんだけど、灰皿は置いてないの」

ひかりはさっき壁に立てかけたばかりの箒とちり取りを手にすると、吸い殻をサッと掃き取ってゴミ箱に捨てた。つまりは床が、灰皿代わり。マナーもへったくれもあったものじゃない。

そういえば新婚旅行でスペインに行った際に、バルの床がゴミだらけで驚いたことがあった。客が使用済みの紙ナプキンやスティックシュガーの空袋なんかを、どんどん床に捨ててゆくのだ。向こうではそれがあたりまえで、むしろ床にゴミが多いのが、人気店の証《あかし》なのである。

あのとき明日美は床にゴミを捨てるのにどうしても抵抗があって、カウンターに置いたままにしてしまった。これはもうどうしようもない、文化の違いだ。まさか父親が経営する店で、同じようなカルチャーショックを覚える羽目になるとは思わなかった。

そうか、文化の違いか——と、ふいにひらめく。

時次郎とその周囲の人々に明日美が馴染《なじ》めないのは、きっと有する文化が違うからだ。同じ国に生まれ育っていても、親子でも、文化には個人レベルの差異がある。お互いに日本語を喋《しゃべ》っているはずなのにいまひとつ通じないのも、おそらくそのせいなのだろう。

長年の疑問に、一つの答えが見つかった。かといって、父親の受難を悲しまなくていい理由にはならない。それでも幾分、すっきりしていた。

そんなことを、呑気《のんき》に考えている場合じゃない。壁掛け時計に目を遣って、明日美は自分のなすべきことを思い出す。ぐずぐずしていたら、仕事に遅刻してしまう。

「あの、すみません。父の保険証と身分証が必要なんですが、どこにあるか分かりますか」

「それならたぶん、この中ね」

言うなりひかりはくるりと身を翻し、ステンレス製の吊《つ》り戸棚を開けた。調味料などのストックがそこに収納されているようで、一番端になぜか、牛革の財布が立てて置かれていた。

「厨房に立つとポケットの財布が邪魔だから、ここに入れちゃうのよね」

差し出された財布は使い込まれて変色し、擦りきれていた。開けてみるとカード入れに、保険証と運転免許証が入っていた。

その際に札入れの中身まで覗《のぞ》けてしまったが、必要なものだけを抜いてあとはひかりに返した。千円札が数枚しか入っていなかったことについては、見て見ぬふりをした。

「悪かったわね。救急車を呼んだときに保険証も持たせればよかったんだけど、そこまで頭が回らなくて」

時次郎の近況については、明日美よりもひかりのほうが詳しいはずだ。普通なら、財布がそんなところに入っているとは思いもよらない。

彼女がいてくれて、助かった。そう思う反面、勝手知ったる振る舞いを図々しいと感じはじめてもいた。

「助かりました。でもあの、片づけなどは後日私がやりますので」

控えめに、今日はもう帰ってくれと伝える。いくら恋人であっても、父の不在中に上がり込まれたくはなかった。

「そうね、もう帰るわ。ちょっと気になって、様子を見に来ただけだから」

あっさり引き下がってくれて、ほっとする。ひかりは時次郎と同棲《どうせい》しているわけではなく、帰る家があるようだ。

「ありがとうございました。お礼はまた、あらためて」

さて、急がなければ。高台にある病院までは、ここから徒歩だと二十分はかかる。痛い出費だが、タクシーを使うべきか――。

　などと考えながら、入り口を振り返る。無意識のうちに、注がれる視線を感じていたのかもしれない。腰高窓に貼りつくようにして、年輩の男が二人、店内を覗き込んでいた。

「あら、宮《みや》さんにタクちゃん」

　ひかりも彼らに気がついた。手招きに応じ、「宮さん」と「タクちゃん」が引き戸を開けて入ってくる。

　この界隈の飲み屋には、よくいる身なりの男たちだ。フィッシングベストを着ているほうが「宮さん」で、擦りきれたキャップを被《かぶ》っているほうが「タクちゃん」らしい。

「時ちゃん、倒れたんだって？」と、尋ねたのは「宮さん」だ。

　のっぺりとした顔が横に広く、サイドにだけ残った髪は白い。すでに老人と呼べそうな歳だが、そのわりに肌艶がよかった。

「そうなのよ。ちょうど厨房の、このあたりに倒れていたの」

「ああ、それはそれは。時ちゃんって、いくつになったたっけね」

「俺と同じだよ。七十四」

　キャップ帽の「タクちゃん」が、親指を立てて己を差す。顔が長く、喋るときに唇を尖《とが》らせる癖があるようだ。

「そうだったか。まだ若いのにねぇ」

「このところ暑かったから、身にこたえたんじゃねぇか」

「関係ないわよ。血圧よ」

明日美のことなどそっちのけで、三人はあれやこれやと喋り続ける。身内であるはずの自分が、まるで一番の部外者のようだった。

帰るきっかけを失って、明日美はぽつんと立ちつくす。だがこのお喋りが終わるのを待っていたら、本当に遅刻してしまう。

「困ったねぇ、もうすぐ夏休みがはじまるのに」

「そうなのよ、夏休みなのよ」

夏休みになにがあるのか気になるが、会話に参加している余裕はなかった。

「すみません、私はこれで。あの、鍵だけお願いできますか」

ぺこりと会釈をして、「宮さん」と「タクちゃん」の脇をすり抜ける。

「今の子誰?」と尋ねる声が聞こえてきたが、説明はひかりに任せ、明日美は店の外へと踏み出した。

二

倒れた日から四日が経《た》っても、時次郎がHCUを出たという連絡は入らなかった。

梅雨明け宣言が出された土曜日の昼下がり。息苦しいほどの蒸し暑さに喘《あえ》ぎながら、明日美は再び赤羽の街を歩いていた。

休日には、寝溜《ねだ》めをする癖がついている。できれば比較的涼しい朝のうちに動きたかったのに、うっかり二度寝をしてしまった。そのせいで最も気温の高い時間帯に、出歩く羽目になっている。

時次郎にはどうせ会えないから病院には寄らず、駅からまっすぐ「まねき猫」へ向かうことにした。赤羽は千円でべろべろに酔える酒場、略して「せんべろ」で有名だ。駅の東口を出てすぐの赤羽一番街は、通りが見事に飲み屋で埋め尽くされている。

他の通りも飲食店がやけに多く、たいていが昼前から酒を出す。中には朝早くから開店する老舗《しにせ》もあり、勤勉なのか怠惰なのかよく分からない街だ。近年は特にメディアで取り上げられることも多く、昼夜を問わず酔客で溢《あふ》れかえっている。

今日は土曜とあって地元の呑兵衛《のんべえ》たちだけでなく、観光気分の客も多いようだ。早くも千鳥足になっている集団を避けながら、明日美はキャップを目深に被ってうつむきがちに先を急ぐ。

それにしても、賑《にぎ》わっている。数年前にはじまった新型コロナウイルスの流行では、このあたりの店も営業の自粛を強いられたに違いない。そのわりに空き店舗は目立たず、人出も回復したようだ。

もっとも何軒かの老舗以外は見知らぬ店やチェーンの居酒屋に替わっているが、それが流行病のせいかどうかは分からない。明日美は十年間、この地元にまったく寄りつかなかったのだから。

偶然昔の知り合いに会ったとしても、もはや気づかれないかもしれない。それでも明日美は念のため、キャップの鍔《つば》を引き下げる。この近辺には、小学校時代の同級生の実家が点在している。

なにしろその小学校じたいが、飲み屋街のど真ん中に位置していた。児童は雨の日も風の日も、酔っ払いどもを横目に見ながら登下校する。教育上よろしくない気もするが、案外治安は悪くない。酔客たちの目が抑止力になり、子供たちを狙う不審者が街に入り込みづらいのだ。

この街の子供たちは酔っ払いに見守られつつ、彼らを反面教師にして育ってゆく。

時次郎は明日美にとって、反面教師の最たるものだった。

アパートの家賃収入があるのをいいことに、昼間っからそのへんを飲み歩くか、パチンコか。友人との下校途中に酩酊《めいてい》した時次郎と出くわして、「よぉ、明日美！」と手を振ってくるのを何度無視したかしれない。ちょっと好きだった男子から「お前の父ちゃん、ゲロまみれになって道端で寝てたぞ」とからかわれ、淡い恋心が砕け散ったこともある。

あんな大人にはなりたくないし、あんな男も好きにはならない。真面目《まじめ》に生きて、誠実な人と結婚し、ささやかでも幸福な家庭を築くことが目標だった。子供ができたら夜に一人で留守番なんかさせないし、誕生日やクリスマスは必ず一緒に祝おう。間違っても自分の子供に「お前、いくつになったっけ」と、尋ねるような親にはなるまい。

だから明日美はぐれなかったし、成績もそこそこのラインをキープしていた。スーツ姿で出勤するサラリーマンの父親を持つ友達が、羨ましくてしょうがなかった。

娘にとっては災厄のような男でも、時次郎はよくもてた。元来陽気なタイプだから、一緒に飲み歩くぶんには楽しいのだろう。誰とでもすぐ仲良くなり、調子よく奢《おご》ってやったりしていた。老若男女を問わず、時次郎はいつも人に囲まれていた。

立ち飲み屋を経営するに至ったのも、人の縁である。常連として通っていた飲み屋の主人が高齢になり、二階の住居部分ごと居抜きで引き継いでもらえないかと持ちかけてきた。時次郎ときたら酔った勢いでそれを承諾し、持っていたアパートを売り払ってまで、「まねき猫」の土地と建物を手に入れた。

本当に、冗談じゃない。

時次郎がいかにちゃらんぽらんでも、あのアパートさえあれば老後もなんとか一人で生きていってくれるだろうと思っていたのに。よりにもよって生き残りが難しい、飲食業に手を出すなんて。

当時夫だった人と遠く離れた地に暮らしていた明日美は、事後報告でそれを知った。「信じられない！」と、電話口で時次郎を罵倒《ばとう》した。「経営に失敗しても、絶対に手を貸さないからね」とまで宣言した。まともに働いたことのない時次郎に、飲食店の経営者など務まるはずがないと思っていたのだ。

あれから十六年。どれほどの利益が出ているか知らないが、「まねき猫」は潰れることなく、コロナ禍すらも乗りきった。自然と人が寄り集まってくる時次郎の特性が、居酒屋経営には向いていたのかもしれなかった。

だけどもう、あの店もおしまいね――。

保険証と身分証を届けた際に、担当医師からあらためて、時次郎に残る麻痺はきわめて強いものだろうと告げられた。今後は介護が必要になるだろうとも。

飲食店など、とてもじゃないが続けられない。

介護か――。

それを考えると、ますます気持ちが重くなる。明日美は四十二歳。親の介護などもう少し先の話と思っていたのに、案外早くきてしまった。

フルタイムで働きながら時次郎の面倒を見るのは、無理がある。かといって仕事をやめたら収入がゼロになり、生きてはゆけない。結果として施設に入れることになるだろうが、お金はどれほどかかるのか。非正規雇用の身としては、頭が痛い。

もやもやとした不安が、胸の中に渦巻いている。場合によっては、ダブルワークをする必要も出てくるかもしれない。でもなぜ自分があの時次郎のために、そこまで頑張らなければならないのだろう。

時次郎は、真面目に働いて娘を育て上げ、結婚式の披露宴では娘からの手紙に涙する、そんな父親では決してない。学校が休みの日に珍しく「出かけるぞ」と誘ってくれたと思ったら、「飯食ってくるから代わってくれ」と子供にパチンコを打たせ、挙げ句忘れて帰るようなろくでなしだ。時次郎を人目にさらしたくなくて、二十五歳で結婚した際には式を挙げなかった。それでも血の繋がった父親だからという理由で、子供が面倒を見なければならないのか。

ああ、駄目だ駄目だ——と、首を振る。介護のことは、一人で悩んでいてもしょうがない。ソーシャルワーカーというプロがいるのだから、相談して決めてゆこう。

まずは、目の前のことから片づけなければ。今日は「まねき猫」の、冷蔵庫の中身を整理しにきたのだ。

赤羽一番街の通りから、さらに細い路地へと入る。次の角を越えた先が、「まねき猫」のある一角だ。店が近づくにつれて、明日美の顔はどんどん険しくなってゆく。

はたして「まねき猫」の入り口のシャッターは、開いていた。引き戸も全開になっており、中に入りきらなかったらしい客が路上にホッピーのケースを積み上げ、テーブルにしてビールジョッキを傾けている。さほど広くもない店内は酔客で埋め尽くされ、彼らの吐き出す煙草の煙に霞《かす》んでいた。

なにこれ。どういうこと？

時次郎がいるはずもないのに、店はあたりまえのように営業していた。しかもずいぶん、賑わっている。

冷蔵庫の片づけが済んだら『店主急病のため、休業いたします』とかなんとか、貼り紙をしておこうと思っていた。それなのに、いったい誰の権限で店を開けているのか。

明日美は入り口に立ち、首を伸ばして店内を窺った。カウンターの奥に肘をつき、先日会った「宮さん」と「タクちゃん」が焼酎らしきものを飲んでいる。そんな彼らと談笑しながら厨房でつまみを作っているのは、黒いレースのワンピースにエプロンを着けたひかりだった。

「ちょっと、なにしてるんですか！」と、客の頭越しに文句をつける。

気配に気づいて、ひかりがこちらに顔を向けた。喧噪《けんそう》に紛れて声までは届かなかったようで、「あら」と言いたげに目を見開く。

ローズピンクに彩られた唇が、「いらっしゃい」と言葉を発するのが分かった。

三

立ち飲み処《どころ》「まねき猫」の営業時間は、夜十一時まで。

忙しくて応対できないから出直してくれとひかりに言われ、いったん笹塚《ささづか》のアパートに帰り、溜め込んだ家事をこなすなどしてから戻ってきた。

赤羽の老舗居酒屋は、昼前からやっているぶん、閉まるのも早い。店から吐き出された酔客が、二、三軒目を求めてチェーンの居酒屋やバーに吸い込まれてゆく。明日美が「まねき猫」に到着したときも、ちょうど最後のひと組が「もう一軒、もう一軒行こう！」とよろめきながら出てきたところだった。

入り口に立って中を覗いてみると、営業終了後の店内は惨憺《さんたん》たるものである。灰皿代わりだという床には、吸い殻どころか使用済みの紙ナプキンやティッシュまで散らばっており、これでよくボヤが起きないものだと思う。足を踏み入れるとスニーカーの裏がねちゃりとして、明日美は思わず顔をしかめた。

「ああ、明日美さん。悪いんだけど、シャッター半分下ろしてくれない？」

厨房で洗い物をしていたひかりが、明日美に気づいて顔を上げる。少しも悪いと思っていない口振りだが、まだやっていると勘違いした客に入ってこられても困る。言われたとおりに、シャッターを半ばまで引き下ろした。

「待ってて、片づけちゃうから」

ピンクのゴム手袋をはめて、ひかりは手早く食器類を洗ってゆく。シンクやその周りにはまだ空のジョッキや汚れた皿がひしめいており、待つといっても当分かかりそうだ。

「手伝います」

じっとしているのも気詰まりで、明日美は厨房の壁に立てかけてあった箒とちり取りを手に取った。

どのみちこの床を綺麗《きれい》にしなければ、落ち着いて話もできない。箒の柄が短いので、身を屈めて掃きはじめる。

「ありがと」

礼を言われてもなにも返さず、黙々と手を動かした。

床には食べこぼしや飲みこぼしがあり、客に踏み荒らされているものだから、煙草のフィルターや紙ナプキンが貼りついて箒で掃いただけではなかなか取れない。手で取るのは抵抗があり、ちり取りをヘラのように使ってかき集めてゆく。

「ざっとでいいよ。明日《あした》の朝水を撒《ま》いて、デッキブラシでこするから」

解《ほぐ》れて散らばった煙草の葉に難儀していると、ひかりが話しかけてきた。床が土間になっているのは、そういった利便性のためらしい。

「はぁ」

生返事をしながら明日美は身を起こし、痛みはじめた腰を叩《たた》く。不自然な姿勢のせいで、負荷がかかってしまったようだ。灰皿とゴミ箱を設置するだけで掃除の手間はかなり省けるだろうに、やっぱりこの店の方針は理解に苦しむ。

常識が通じるとは、思わないほうがいいかもしれない。

なにしろここは、時次郎の店だ。その周りにいる人たちも、きっと似たり寄ったり。そうでなければ店主が不在の店を、勝手に開けたりするものか。昼間に様子を見にくるまで、「まねき猫」が通常営業をしているとは思ってもみなかった。

「悪いわね」

洗い物を終えたらしいひかりが厨房から出てきて、カウンターやテーブルを拭きはじめる。派手な見た目とは裏腹に、その仕事ぶりは堅実だった。

「おう、来たよ」

後片づけも、そろそろ終わりというころ。それを見越したように二人の男が、半ば下りたシャッターを潜ってやってきた。

フィッシングベストと擦りきれたキャップが、それぞれのトレードマークになっている。常連と思《おぼ》しき「宮さん」と、「タクちゃん」である。

「いらっしゃい。なにか一杯飲む？」

「いいや、それにゃ及ばねぇ。買ってきたよ」

何度も使い回しているらしい皺《しわ》くちゃのコンビニ袋から、「宮さん」がチューハイのロング缶を取り出してカウンターに並べてゆく。全部で八本。ちょっと一杯という量ではない。

「お気遣いありがと。じゃあせめて、アジのなめろうでも食べて。置いとくと悪くなりそうだから」

「そりゃあ上等だ」

プシュッと音を立て、缶チューハイのタブが引き上げられる。冷蔵庫から残り物のつみまで出てきて、あれよあれよという間に宴会がはじまってしまった。

この二人は、なにをしに来たのだろう。たしかに昼間も、カウンターに肘をついて飲んでいた。ひかりとのやり取りを聞いていたから、明日美が営業終了後に戻ってくることも知っていたはず。なのになぜ、連れ立ってやって来たのか。

箒とちり取りを壁に立てかけ、明日美はカウンターに近づいてゆく。彼らと一緒になって、ひかりもいつの間にか缶チューハイを手にしていた。

「娘さんはどれがいい。レモンとシークワーサーと梅」

「タクちゃん」が縦に長い顔をぐるんと巡らせ、尋ねてくる。だがここには、酒盛りをしに来たわけではない。

「どれもいりません。あの——」

「うん、やっぱり旨《うま》い！」

すみませんが、お引き取りください。そう続けようとした先が、「宮さん」によって遮られる。小鉢に盛られたアジのなめろうを、ひと口つまんだところらしい。

「ひかりさんのなめろうは、ニンニクがちょっと効いてるのがいいね」

「あら、そう言ってもらえると嬉しいわ」

レモンチューハイをぐいっと呷《あお》り、ひかりはつまみの代わりに煙草を口に咥えている。カウンターに体を寄りかからせると、「宮さん」たちにかからないよう背後に首を捻《ひね》って煙を吐き出した。

「だけどさ、仕込みも料理も、一人じゃ大変だろう」

「そうね。助《すけ》っ人《と》を呼んだほうがいいかもね」

明日美が輪に入れずにいるうちに、話が勝手に進んでゆく。「いらない」と断ったはずの缶チューハイも、目の前に置かれた。

「どうせ俺は暇してるから、人手が必要なら呼んでくれよ」

「でも『タクちゃん』、料理できないじゃない」

「ありゃ、そうだった」

「タクちゃん」がキャップを取り、広い額をぴしゃりと叩く。生え際が、頭頂部まで後退している。

そのおどけた仕草に、苛立《いらだ》ちのメーターが一気に振り切れた。

「ちーがーうーでーしょ！」

声を長く引きながら、明日美はその場で足を踏み鳴らす。他の三人の視線が、揃《そろ》ってこちらに向けられた。

「大変もなにも、父がいないんだから店はいったん閉めます。なんで、あたりまえに続ける気でいるんですか！」

腹立ち紛れに、カウンターを拳《こぶし》で叩く。

突然叫びだした明日美に三人は戸惑《とまど》っているようだが、怒って当然だ。なんのために、こんな夜遅くに出直してきたと思っているのか。

「ひょっとして、お三方のどなたかが共同経営者だったりしますか？」

「ううん、そういうわけじゃないわ」

「ですよね。だったら娘の私の許可もなく、勝手をされちゃ困ります」

まともに話を聞こうとしない相手に、あらたまってもしょうがない。感情を剝《む》き出しにして、「迷惑です！」ときっぱり言いきった。

声を荒らげることなどめったにないから、それだけで疲れる。乱れた息を整える間、三人は白けたように沈黙していた。

なにこの、手応えのなさは――。

彼らは明らかに、困惑していた。まるで理不尽なクレーマーを相手にするときのように。正当な主張をしているはずなのに、明日美までなんだか、言いがかりをつけたような気分になってくる。

やがて「タクちゃん」が、唇を尖らせて吐き捨てた。

「なにが娘だ、偉そうに。俺たちのほうがよっぽど、時ちゃんのこと分かってるのにさ」

「は？」

まさか言い返されるとは思っておらず、体の末端が瞬時に冷えた。

「タクちゃん」の言うとおり、明日美は結婚して家を出てからというもの、めったに父親に会いにこなかったし、ここ十年は連絡すら取らなかった。時次郎の周りの人間からは、冷たい娘だと思われているに違いない。

だが親子関係がここまで悪化してしまったのは、明日美だけが悪いのか。そりゃあこちらも頑《かたく》なになりすぎていたかもしれないが、元々は時次郎が明日美を粗略に扱ってきたせいだ。「時ちゃんのこと分かってる」と言う「タクちゃん」こそ、明日美のなにを分かっているというのだろう。

だいたい今は、そんな話をしているんじゃない。経営権の問題だ。いくら時次郎と仲がよくても、店の常連であったとしても、立ち入れない領域がある。

「あの、お言葉ですが――」

「まぁまぁ、ちょっと待って」

とても黙ってはいられず、つい切り口上になる。しかし「宮さん」が文字通り間に割り込んできて、明日美に向かって両手を突き出した。

「落ち着いて話をしましょう。ねっ」

なんだそれは。ますますこっちが悪者みたいだ。

口を開けても声にならず、明日美は酸素不足の金魚のように喘ぐ。この人たちを相手にしていると、血圧が上がって倒れそうだ。

「ほら、むきにならないで。こっちの話も聞きなさいってことよ」

ひかりがまたもそっぽを向き、肺の底から煙を吐き出す。そのまま煙草を足元に落とし、サンダルで踏み潰した。

さっき、掃いたばかりなのに――。

怒りが冷めて、だんだん虚《むな》しくなってくる。そうだこの人たちとは、文化が違うのだ。直接交渉するよりは、代理人を立てたほうが無難かもしれない。

次から次へと、問題ばかり。これだから、時次郎とその周辺に関わるのは嫌なのだ。

「いいえ、もう結構です。これ以上営業を続ける気なら、こちらも弁護士を立てます」

弁護士のあてはないし、金銭的余裕もないが、明日美は脅し半分でそう口にした。

それを捨て台詞《ぜりふ》とし、身を翻して帰ろうとする。終電の時間が差し迫っている。

脇を通り抜けようとすると、ひかりが腕を突き出してきた。通せんぼをされた形になり、明日美はいったん足を止めた。

「借金があるのよ」

「えっ？」

仰天して、横顔を見せたままのひかりに向き直る。

明日美が話を聞く気になったと見て、ひかりは突き出していた腕を下ろした。

「時次郎さんだけじゃなく、ここらへんの飲食店はコロナのせいで皆借金まみれよ。給付金や協力金なんかで、足りるはずないもの」

流行病が猛威を振るい、度重なる緊急事態宣言により飲食店が窮地に陥ったことは、いまだ記憶に新しい。行政からの給付金などでは損失を穴埋めできず、廃業に追い込まれた事業者も多かったはずだ。

十年ぶりに訪れたこの街を歩きながら、案外老舗が生き残っていると、無責任に考えた。だがそのために経営者は、血眼《ちまなこ》になって運転資金をかき集めたのだろう。「まねき猫」だって、例外ではない。

ちょっと考えてみれば分かること。いくら借りているのかと思うと、心臓がギュッと引き絞られた。

「まさか、闇金に？」

　こんな小さな立ち飲み屋では、銀行の融資は下りそうにない。街金の中には怪しげな業者もあるというし、時次郎のことだから、甘い言葉に誘われて違法営業の業者に手を出した可能性がある。

「いいや、それはない。金を貸してるのは俺だよ」

「宮さん」が首を振り、親指で己を差す。

　最悪の事態は回避できたようだ。明日美はひとまず胸を撫で下ろした。

「この人こう見えて、土地持ちだから」

　ひかり曰《いわ》く、「宮さん」は駅前の雑居ビルをいくつか所有しているという。失礼ながら、人は見た目じゃ分からぬものだ。時次郎の窮地を見かね、無利子で金を貸してくれたらしい。

「だけどね、この先も店を続けてくってのを条件に貸してるわけさ。そちらの都合で閉めるってんなら、耳を揃えて返してもらわないといけなくなるね」

　俵形のおむすびのような顔をして、「宮さん」はなかなか世知辛いことを言う。金の貸し借りに関わっていないはずの「タクちゃん」までが、小刻みに頷《うなず》いている。

　八年前に離婚してからずっと、明日美は正社員になれず派遣で働いている。収入は自分一人を養うのにギリギリの額で、それでもちまちまとお金を貯めて、貯金はなんとか五十万円。人生いつなにがあるか分からないから、大事に取っておきたい虎の子だった。

その金を、時次郎の借金の返済に充てるなんて身を切られるようにつらい。でも今は、四の五の言っている場合ではない。

「おいくらほど、お借りしているんですか?」

問いかけてから、明日美はごくりと唾を呑《の》む
「一応ね、借用書を持ってきてあるんだよ」

そう言って「宮さん」は、フィッシングベストの胸ポケットから一枚の紙を取り出した。ワープロソフトで作ったと思しき、借用書だ。借主の住所氏名の欄には、たしかに時次郎の筆圧の強い文字が並んでいる。

金額欄に目を走らせて、明日美は思わず「うっ!」と呻《うめ》いた。

『金参百萬円也
私は貴殿より、上記金額を借用いたしました』

四

店舗奥の暖簾を掻《か》き分けると、左手に二階へ続く階段が現れる。

右手はトイレ。ただし入り口は、店舗側についている。そちらの壁際に面して、机と椅子が置かれていた。

「わっ!」

狭いスペースにそんなものがあるせいで、椅子の背に腰をぶつけそうになった。薄暗がりの中手探りをして、明日美は電灯のスイッチを押す。

「なんでこんなところに」

机と椅子は小学校の教室で使っていたような、木とパイプが組み合わさったものだった。なんの必要があって、こんな場所塞ぎな位置にあるのだろう。そのせいで二階に行くには、いちいち体を斜《はす》にしないと通れない。

明日美は深く息をつき、身を委ねるようにして机に手をつく。

自棄《やけ》になってチューハイのロング缶を一本飲み干したせいで、少しばかり頭が痛かった。時次郎は水のように酒を飲む男だから、顔も知らない実の母が酒に弱かったのだろう。節約のためずっと飲まないようにしていたから、よけいに酔いが回っている。

ショックのあまり、終電を逃してしまった。もはやここに泊まるしかないと覚悟を決めて、二階に向かおうとしていたのだ。こんなところにまさか、障害物があろうとは。

やれやれと、首を振る。顔を上げると正面の突き当たりに、アルミ製のドアがついている。

勝手口のようだ。目を凝らしてみると、丸いドアノブの中央のつまみが縦になっている。

もしかしてこれ、鍵がかかっていないんじゃ――。

机と椅子を避けて回り込み、ドアノブに手をかける。するとドアは無抵抗に、外側に向かってするりと開いた。

深夜だというのに、むわっとした外気が顔を包み込む。裏の家もなにかしらの飲食店なのだろう。黒ずんだ壁が、すぐそこに迫っていた。

なんて、不用心な——。

今までずっと、開けっぱなしになっていたのか。空気の淀《よど》んだ店の裏手に出て、確認してみる。隣のホルモン屋との間にはほぼ隙間がなく、ラーメン屋との間は明日美が体を傾けてやっと通れる程度の幅しかない。体格のいい時次郎には、すり抜けることなどできなかっただろう。

だからって、近ごろは物騒なのに。

こんな通路とも呼べぬ隙間に、わざわざ入ってくる物好きはいまい。それでも世の中、なにが起こるか分からない。

明日美は屋内に戻り、勝手口の鍵をしっかりと閉める。空気が脂っぽく淀んでいたせいで、軽い胸焼けを覚えていた。

酒に酔った勢いで、寝てしまえばいいと思っていたのに。うまく眠れるだろうかと危惧しながら、階段の手前でスニーカーを脱ぐ。

「宮さん」が持ってきた借用書によると、時次郎の借金は三百万円。返済に関しては「『まねき猫』が続くかぎり無期限」となっていた。

お気に入りの店を守るため、「宮さん」は破格の条件でお金を貸してくれたのだ。つまり約定どおりなら、店を閉める際には借金を完済しなければならない。

利子がつかないのは幸いだが、近日中に三百万もの大金を用意するなんて、明日美には逆立ちしたってできっこない。

必ず全額を返すから分割にしてほしいと頼んでも、「宮さん」は「それじゃあ約束が違う」と言って譲らなかった。ただし当面の営業をひかりに任せ、店を続けるなら返済はいくらでも待つという。

「時さんの入院費だって、嵩《かさ》むでしょう」

ひかりもまた、同情のこもった眼差《まなざ》しで問いかけてきた。

「私はべつに、この店を乗っ取りたいわけじゃないの。そりゃあ自分が働いたぶんはしっかりもらうつもりだけど、店の利益は時さんの治療費や、借金の返済に充てればいいと思うのよ」

ひかりは元々、「まねき猫」の従業員だったという。料理の才能がない時次郎の代わりに、包丁を握っていたそうだ。どうりで、手慣れているはずだ。

けっきょく、お金なのね。

店を閉めると「宮さん」への借金返済のみならず、時次郎の入院費の支払いが明日美の肩にのしかかってくる。退院後の介護費用も、毎月どのくらい必要になるか分からない。

一方で店を続けるなら、明日美はひとまずそれらの負担から解放される。営業はひかりに任せればいいのだから、よけいな手間もかからない。だが彼女のことを、どこまで信用していいのだろう。

頭痛がひどくなってきた。明日美はこめかみを揉《も》みながら、みしみしと軋《きし》む階段を上ってゆく。一泊ついでに時次郎の通帳やカード類を捜すというミッションもあるが、ひとまず横になるとしよう。

二階の廊下には洗面台と洗濯機置き場があり、左手に六畳間が二つ並んでいる。どちらも磨《す》りガラスの引き戸が開けっぱなしになっており、中に収まりきらないガラクタが廊下に雪崩《なだ》れを起こしていた。

目を半ば閉じかけていた明日美は、階段の最後の一段で立ち止まる。

そういえばあの人が、掃除や片づけをしているところを見たことがない。

足の踏み場もないほどの、大量のペットボトル。衣類や日用品、積み上げられた段ボール。無秩序に散らばる古新聞や、郵便物。七月も半ばを過ぎたというのに、箱に入ったままの鏡餅まで転がっている。

足元は埃《ほこり》っぽく、スリッパを履かずに歩けば靴下の裏が真っ黒になりそうだ。さすがに生ゴミはないのか、悪臭が充満していないのがせめてもの救いである。

ちらりと覗ける手前の部屋の布団は、いつから敷きっぱなしなのだろう。見るからに汗と湿気を吸い込んでいそうで、とてもじゃないが、あそこで寝る勇気はない。

勘弁してよ――。

この部屋もゆくゆくは、明日美が片づけないといけないのか。時次郎の尻拭いばかりで、嫌になる。

本当に、疲れた。壁に手をつき、ふらつく体を支えながら、明日美は階下へと引き返してゆく。

とにかく今は、涼しくて清潔な場所で眠りたい。駅前には何軒か、漫画喫茶があるはずだった。


時次郎が一般病棟に移ったとの知らせを受け取ったのは、漫画喫茶の個室でたっぷり眠り、シャワーを浴びたあくる朝九時のことだった。

今後について説明があるというので、明日美はコンビニで買った化粧水と乳液で顔を整えて、高台にある病院へと急いだ。まだ朝のうちとは思えぬほど太陽が照りつけて、体表が溶けているのではないかと疑うくらい汗が出る。昨日と同じ服と下着なのも、気持ちが悪かった。

病院に着くと担当医が多忙とのことで、ずいぶん待たされた。エアコンが効いているのはありがたいが、今度は汗が冷えて寒気がする。このままでは夏風邪《かぜ》をひきそうだと、自動販売機で温かいカップコーヒーを買い求めた。

その後医師から受けた説明は、先日のものとあまり変わりがなかった。CT画像によると右脳の大部分が白くなっており、それが出血の範囲だという。入院直後の画像と見比べると、その範囲は少しばかり小さくなっているようだった。

「どうします、会って行かれますか？」

担当医師は、明日美よりも若そうな爽やかな青年だった。感情は交えず、でも事務的には聞こえない絶妙の語り口で説明を終えると、そう尋ねてきた。

「会えるものなら」と、明日美は曖昧に頷いた。

医師の先導で相談室を出て、リノリウムの床を踏んでゆく。流行病が五類感染症に位置づけられてから面会制限は緩和されたが、まだ家族以外の者は対象にならないという。そのせいか廊下では見舞い客に行き合わず、看護師だけが忙《せわ》しなく動き回っていた。

明日美は胸の前でぎゅっと手を握る。もしかしたら、緊張しているのかもしれない。ただでさえ、時次郎の顔を見るのは十年ぶりなのだ。

「俺たちのほうがよっぽど、時ちゃんのこと分かってるのにさ」

悔しげに呟いた「タクちゃん」の顔を、ふと思い浮かべる。本当に、そのとおりだ。明日美は時次郎の、今の風貌すらよく知らなかった。

だがどんなに親しくとも、家族でなければ面会すら叶《かな》わない。入院に伴う各種手続きや行政の対応などに駆り出されるのは、けっきょく疎遠だった娘である。責任を負わずにすむ友達なら、そりゃあ気楽なもんだ。

前を歩く医師が、引き戸が開いたままの大部屋にするりと入ってゆく。605号室。どうやら六人部屋のようだ。時次郎は、一番手前のベッドに寝かされていた。

ぎょっとして、入り口付近に立ち止まる。記憶にあるよりシミとシワと脂肪が増え、代わりに頭髪の乏しくなった男が、経鼻チューブや各種機器に繋がれ横たわっている。体の大きさも相俟《あいま》って、人というよりは浜に打ち上げられた鯨《くじら》のようだ。その顔からはあらゆる表情が抜け落ちて、濁った目が半眼に開かれている。

「あれっ、寝ちゃったかな」

薄目が開いていても、意識があるわけではないらしい。医師がベッドを回り込み、時次郎の右肩を叩く。そちらは麻痺がないほうだ。

「篠崎さん、娘さんが来てくれましたよ」

医師の呼びかけを聞きながら、明日美は恐る恐る歩を進める。うっすらと面影があるだけの別の大男を、「はい、あなたのお父さんですよ」と押しつけられているような気分だった。

「篠崎さん」

何度目かの呼びかけで目が少し開き、濁った眼球が朧気《おぼろげ》に動く。この人の黒目の縁は、こんなに青みがかっていただろうか。水面が揺らぐように小刻みに揺れ、見たものが像を結んでいるのかどうかも定かではない。

「――お父さん」

医師が「さぁ」と促すような目を向けてくるものだから、仕方なく呼びかけた。

「分かる？　明日美です」

それでもまだ、時次郎の眼差しはぼんやりとしたままだ。代わりに布団の上に置かれた右手の指が動く。

「聞こえてはいるようですね」

医師が言うからにはそうなのだろう。いまわの際でも聴覚は、最後まで残ると聞いたことがある。

なんだか、ずるい――。

自力で立っているのがしんどくて、明日美はベッドの柵をぐっと握る。

時次郎はがさつで体も声も大きくて、明日美から見れば圧倒的な強者だった。だからこそ思う存分に憎み、遠ざけても良心は痛まなかった。

それなのに、目の前に横たわっているのは、なんと弱々しい存在だろう。この男だけは絶対に許さないと心に砦《とりで》を築いたのに、その地盤が動揺してぐらついている。こんなに弱った姿を見せられたら、こちらから歩み寄って手を差し伸べてやらなきゃいけないと思わされる。

だけどこの人を、許したくなんかない――。

死の淵《ふち》から還《かえ》り、いつまた沈むかもしれぬ相手を前にして、過去にこだわり続けるのは愚かなことだ。でも時次郎が十年前に放った言葉は、今でもはっきりと、鼓膜の内側に響いている。

〈いつまでもメソメソすんな、鬱陶しい。子供なんか、また産みゃあいいだろう〉

線香と熟れすぎた果物のにおいが、ふわりと鼻先をかすめた気がする。遠い記憶に向かって飛びかけていた意識が、微《かす》かな呻き声に引き戻された。

「あうあ――」

明日美は声の出所を凝視する。時次郎の唇が、わずかに動いている。

「はい、なんですか？」

医師が身を屈め、時次郎の声に耳を傾ける。ただの呻き声ではなく、言葉を発しようとしているのだ。

「あうあうぃ」

出血によって脳が侵されているせいで、呂律《ろれつ》がうまく回らない。明日美も聞き取ろうとしてみたが、まったく意味が摑めなかった。

それでも時次郎は、なにかを伝えようとしてくる。よっぽど大事なことなのだろう。どうしても聞き取れなくて、眉間の皺ばかりが深くなってゆく。

「お父さん、もういいから」

何度やっても同じこと。これ以上は時次郎を無駄に疲れさせてしまう。なにより必死に聞き取ろうと、耳を凝らすのが苦痛になってきた。

「なつやすぅい」

時次郎は最後に、振り絞るようにして声を発した。

医師が「ん？」と首を傾《かし》げる。

「なつやすみ、ですか？」

自信のなさそうな問いかけに、時次郎が顎先を小さく揺らした。頷いたのだろうか。

そのまま満足したように、瞼《まぶた》がすっと閉じられる。どうやら眠りに入ったようだ。
なぜここまでして、この言葉を伝えたかったのだろう。
「夏休み？」と、明日美は小さく呟いた。

第二章　猫のような男の子

一

高台にある病院から、またもや大汗をかいて駅前に戻る。

予報どおりの、猛暑日である。さっきまで冷えて震えていた体が炎熱に炙られて、自律神経がどうにかなってしまいそうだ。明日美はキャップ帽の鍔を限界まで引き下げて、「まねき猫」へと向かった。

心も体も、疲弊している。今日のところはもう笹塚の自室に帰り、シャワーを浴びて体を休めるべきだろう。それなのに気持ちが妙に急《せ》き立てられて、じっとしていられそうにない。

明日からまた、仕事がある。自由になる時間が少ないのだから、できることから進めておかないと。せめて「まねき猫」二階の、居住部分の片づけだけでも。

戻ってみると、十時半を過ぎていた。店のシャッターが半分開いており、カウンターの向こうの厨房では、ひかりが忙しなく仕込みをしていた。

「あら、お帰りなさい」

明日美に気づいて、そんな言葉で迎えてくれた。

ここをホームとは思えないから、「お帰りなさい」と言われても違和感がある。ではどこがホームなのかと問われても、うまく答えられない気がした。

「昨夜はここに泊まったの？」

ちらりとこちらを見ただけで、ひかりはキャベツの千切りを続ける。服装が昨日と変わっていないことに、目聡《めざと》く気がついたようだ。

「いいえ、漫画喫茶に。それから病院に呼ばれて」

リズミカルな包丁の音が心地よい。コンロにかけられた大鍋がぐつぐつと音を立てて煮えており、美味《おい》しそうなにおいを振りまいている。

「父が、一般病棟に移ったので」

ひかりの動作が、ぴたりと止まる。俎《まないた》に包丁を置いてから、顔を上げた。

「どんな具合？」

「意識はまだ朦朧《もうろう》としていて、言葉も不明瞭です」

「そう」

鼻からふうと息を吐き出して、ひかりが目を伏せる。念入りに化粧をしてはいるが、そうすると年相応の疲れが目についた。このところずっと、一人で店を切り盛りしているのだ。彼女だって、疲労が溜まっているのだろう。

「それは、ショックだったわね」

ひかりの声に、労《いたわ》るような響きが加わる。視界がぐらりと揺れた気がして、明日美はカウンターに手をついた。

ショック、だったのだろうか。記憶の中の時次郎はいつだって、うるさくて人騒がせな男だった。それがあんなにも濁った目をして、自力では身動《みじろ》ぎすらできぬ肉の塊になってしまった。

冷たい汗が、顎を伝う。時次郎の身を案じて泣くこともできないくせに、汗だけはやたらと出る。

「まかない、食べる？」

唐突な質問だった。明日美は思わず「へっ？」と呟く。

起きてから、自販機のコーヒー以外口にしていない。でも食欲があるのかどうか、よく分からなかった。

「モツ煮込み丼なら、すぐ出せるけど」

「もつにこみどん」

呆《ほう》けたように、料理名を繰り返す。大鍋の中身はモツ煮込みらしい。そう言われたとたん、漂っていた味噌《みそ》の甘い香りが際立った。

胃腸が急に覚醒し、ぎゅるぎゅると動きだす。空腹を自覚して、Tシャツ越しに腹を撫でた。

「大、中、小、どれがいい？」

食べることを前提に、サイズを聞かれる。

厚かましいとは思いつつ、明日美は「中で」と答えていた。

味噌仕立てのモツ煮込みには、大根と蒟蒻《こんにゃく》、それから牛蒡《ごぼう》が入っていた。

どんぶりと呼ぶには小振りな碗《わん》に飯をよそい、その上にお玉で掬《すく》ったモツ煮をたっぷりと。表面にわずかな窪《くぼ》みを作り、ひかりが冷蔵庫から卵を取ってきた。

調理台にコンコンと打ちつけて、窪みの中に割り入れる。ぷるんとした温泉卵だった。

仕上げに小口切りの青葱《あおねぎ》をぱらりと散らし、「はいどうぞ」と差し出される。すぐ横に、一味唐辛子の瓶も添えられた。

豚のモツから染み出た脂がきらきらと、照明の光を反射している。B級グルメ以外のなにものでもないが、食欲を刺激する見た目である。

「いただきます」

ひかりに向かって手を合わせ、箸立ての割り箸を抜く。「つゆだくで」と頼んだから、白米が汁を吸ってふやけかけていた。箸では掬いづらそうで、お碗に直接口をつけて啜《すす》り込む。

そのとたん、モツのほどよい臭みと旨みが口の中に広がった。大根にも味がよく染みて、ほんのり土の香りのする牛蒡が風味を添えている。雑味をあえて殺しきらない、絶妙な塩梅《あんばい》だった。

「美味しい。案外さっぱりしてますね」

「まだ開店前だからね。夜遅い時間には煮詰まってとろとろになるから、それ目当てに来る常連もいるよ」

とろとろのモツ煮込みも、美味しそうだ。時間帯によって提供する料理の質が変わるなんて一流店なら失格だが、そういった変化を楽しむのもまた、大衆酒場の醍醐味《だいごみ》だろう。

そういえば別れた夫は、赤提灯《あかちょうちん》が好きだった。高校を卒業してすぐ家電量販店に就職した明日美は、二十歳《はたち》を過ぎたとき、初めての上司だった彼にお酒の飲みかたを教わった。

「篠崎さんは、あんまり強くないみたいだね。チェイサーとして、常に水を手元に置いておくといいよ」もう駄目だと思ったら、無理はしないように。

アルハラという言葉など、まだない時代だった。上司の中には「飲まないと強くなれんぞ」と飲酒を強要するタイプもいたが、あの人はいつも優しく、さり気なく庇《かば》ってくれた。そういうところに、惹《ひ》かれたはずだ――。

思いがけず、感傷的な気分になってしまった。それもこれもこのモツ煮込みが、元夫の好みそうな味つけだからだ。

明日美は小さく首を振り、懐かしい面影を頭から追い出した。あの人はもう、別の家庭を持っている。自分とも時次郎とも、もはや関わりのない人間だった。

温泉卵の真ん中に、ぷつりと箸を突き立てる。一味唐辛子をモツに振りかけて、とろりとした黄身と共に啜り込んだ。卵のまろやかさが加わって、お代わりをしたくなるほど美味しかった。

「ごちそうさまでした」

食への未練を断ち切って、神妙に手を合わせる。

「ああ、そのへんに置いといて」

空になったお碗を手に厨房に入ろうとすると、ひかりが手元に視線を落としたまま言った。

キャベツの千切りを手早く終えて、今は鶏皮の串打ちをしている。ただでさえ忙しそうなのに、余計な手間を増やしたくない。

「洗います」

ステンレス製の広い流しには、使用済みの調理器具も突っ込まれていた。それらもついでに、洗うことにする。

「そう、ありがと」

店内の壁に貼られているメニューの短冊は、たいていが百円台。一番高い馬刺しでも三百円と、せんべろの名に恥じぬリーズナブルな価格設定だ。しかもマグロなどの刺身に串、揚げ物、きんぴら牛蒡やおから煮といった惣菜系まで、多岐にわたっている。

「大変じゃ、ないですか？」

洗い物の水音でかき消されるかなと思いつつ、尋ねてみる。

辛うじて声が届いたらしく、ひかりは串打ちを続けながら答えた。

「まぁね。開店時間は本来十一時なんだけど、時さんが倒れてからは一時間遅らせてる」

首を捻って厨房の壁掛け時計を見上げると、そろそろ十一時。ひかり曰くメニューは少し減らしたとのことだが、それでも一人で店を切り盛りするのは骨が折れる。営業中は「タクちゃん」や「宮さん」といった常連が注文を捌《さば》いたり洗い物をしたりと手伝ってくれるらしいが、ひかりだってもう若くはないのだ。

「そうまでして、どうしてこの店を残したいんですか」

昨夜からずっと、疑問に思っていたことを口にする。時次郎といくら親しかったとしても、「まねき猫」の一従業員であるひかりがそこまでの責任を負うことはないし、「宮さん」だって頑なすぎる。借用書があるにしても、経営者である時次郎がその能力を失ったのだから、少しくらい返済の条件を緩めてくれたってバチは当たらないはずだ。

お気に入りの店がなくなるのが嫌なのかもしれないが、「まねき猫」のような立ち飲み居酒屋ならこの赤羽では珍しくもない。ただ単に河岸《かし》を変えればいいだけなのに、なにをそんなにこだわっているのだろう。

「ああ、それはね――」

「ごめん、遅くなった！」

その理由を聞く前に、威勢のいい男の声が割り込んできた。「タクちゃん」や「宮さん」とは違い、張りがあって若々しい。驚いて振り返ると、半開きの入り口から駆け込んできた青年が、カウンターに手をついて乱れた息を整えていた。

健康的に日焼けした、二十代と思しき若者である。なにかスポーツでもしているのか、白いTシャツから突き出た腕は太く、胸板も厚い。

「仕事、辞めてきた。バリバリ働くから、よろしく」

「えっ、マジで？　空いてる時間に手伝うだけでいいって言ったじゃん」

親しい間柄なのか、ひかりの口調が一気に砕ける。青年は「任せろ」とばかりに胸を叩いた。

「その程度じゃ、回らねえだろ。他の奴《やつ》らにも声かけてんの？」

「まぁ、ぼちぼちね」

「京也《きょうや》は学生だから夜入れんだろ。安里《あんり》もどうせパチ屋だ、辞めさせてこっちやらせようぜ」

「人の都合も聞かず、勝手に決めんじゃないよ」

ひかりは昨夜、「助っ人を呼んだほうがいいかもね」と言っていた。この青年が、手伝いを打診されたのだろう。思いのほかやる気になって、これまでの仕事を辞めてしまったみたいだが――。

洗い物の手を止めて二人のやり取りを眺めていたら、視線に気づいた青年と目が合った。

「おっ！」と言いたげに、手入れされた眉が持ち上がる。

「新しいパートさんいいんじゃん。だったらべつに、安里を辞めさせなくても平気かな」

「えっ！」と、みっともないくらい声が裏返った。今どきの若者にしては押しが強くて、どぎまぎする。

「違うから。この人は、篠崎明日美さん」

「って、誰？」

「苗字で察しなよ。時さんの娘さん」

「ああ」

明日美の正体を知った青年が、大きく顔を顰《しか》める。

この反応は、嫌悪？　さっきまで笑みを含んでいた目元も、険しいものに変わっている。

初対面の相手から、悪意を向けられる謂《いわ》れはない。時次郎と、なにかあったのだろうか。

「さっきまで、時さんの病院に行ってたらしいの。その足で寄ってくれたのよ」

「時さん、どんな感じ？」

一転して心細げな表情になり、青年は明日美ではなくひかりに尋ねる。ひかりは軽く肩をすくめた。

「昨日メールで送ったとおり。一般病棟には移れたみたいよ」

「そっか。心配だな」

心の底からそう思っているのが伝わる声音だった。実の娘より、この青年のほうがよっぽど時次郎の身を案じている。どうやら先ほどの悪意は、時次郎のとばっちりではないようだ。

「ごめんなさいね、明日美さん。こいつは、萩尾《はぎお》求《もとむ》。昔は大人しくて可愛い子だったんだけど、時さんに憧れてこうなっちゃったの」

憧れる？　明日美は内心、首を傾げる。時次郎のどこに、憧れる要素があるというのだろう。

「おい、こら。『こうなっちゃった』ってなんだよ」

「粗暴でがさつ？」

「なに言ってんだよ。似てるのは男気あふれるところだろ」

「男気あふれる奴は、今までの仕事をほっぽり出したりしないいんじゃない？」

「だからそれは、ちゃんと後任見つけて引き継ぎも済ましてきたんだって。俺そんないい加減じゃねぇし」

「そう。だったらまぁいいけど」

ひかりと求は、親子ほども歳が離れていそうだ。年齢差があっても、仲良くじゃれている。なんだか馬鹿らしくなってきて、明日美は洗い物の続きに取りかかった。

求が時次郎に憧れているなら、先ほどの敵意も頷ける。明日美のことを、ひどい娘だと憎んでいるのだろう。事実この十年、他人面をして生きてきたのだから、今さらどう思われたって構わない。

だけど時次郎の男気なんて、上辺だけだ。外面がよくて威勢のいいことばかり言うくせに、実の娘には一度として救いの手を差し伸べたことがない。そんな男に騙《だま》される求とは、とても気が合いそうになかった。

手早く洗い物を終え、流しの下の扉にかかっていたタオルで手を拭う。

「じゃあ、私はこれで――」

会釈をして、厨房の外に出ようとする。だが逆に入ってこようとしていた求に、出口を塞がれた。

「は、まさか帰んの？」

「えっ、そうじゃなくて」

二階の片づけを――。と続けようとしたがみなまで聞かず、求は手にしていたエプロンを押しつけてきた。

「信じらんねぇ。手が足りないの、見て分かんだろ。手伝ってけよ」

声の大きいところが、時次郎にそっくりだ。心臓が、ぎゅっと摑まれたように痛くなる。

「ほら、早く。ぐずぐずしてる暇ねぇから」

言い返す気力も失せ、明日美は急かされるままにエプロンを身に着ける。今は、二階の片づけよりも、店の手伝いのほうが必要とされているのはたしかだった。

「いいの？　ありがとう」

ひかりがホッとしたような顔をして、「じゃあこの続きお願い」と、鶏皮と串を押しつけてきた。

二

飲食業がこんなにも忙しないものだとは、思ってもみなかった。

開店後の厨房はひかりと、調理補助の経験があるという求に任せ、明日美はホールを担当する。十二時を過ぎるとたんに客が押し寄せてきて、店内はたちまち満席になってしまった。ホッピーのケースを積み上げたテーブルまで、早くも総動員である。

「ねぇ、注文いい？」

「はい、のちほど伺いますので、少々お待ちください。あ、こちら、お待たせしました。レモンサワー、モツ煮込みと長芋千切りで、ええっと、ええーっと、えー……ちょうど六百円です」

この店の会計は、料理やドリンクの提供と引き換えにその都度代金をもらう、キャッシュオンデリバリー方式だ。暗算が必要といっても簡単な足し算と引き算だが、値段を覚えていないため、壁に貼られた短冊をいちいち確認する羽目になる。

「ん、ここから引いてって」

慣れた客ははじめから、テーブルに千円札を出している。そこから注文分をもらっていけばいいわけだ。

「どうぞ、四百円のお釣りです」

エプロンのポケットから釣り銭を取り出して、千円札と引き換えに置く。その挙動が終わらぬうちに、焦《じ》れた客から声が上がる。

「ちょっと、注文！」

「すみません、伺います」

あっちこっちから呼び止められて、めまぐるしい。テーブルから次のテーブルに移るときも、立ち飲みの客の間を縫うようにして歩かねばならず、パーソナルスペースもへったくれもない。酒が進むにつれて店内に充満する話し声が大きくなり、注文が聞き取りづらいのもストレスになる。

「どうも、ごちそうさん」

「はい、ありがとうございました」

長っ尻《ちり》の客もいれば、ちょい飲みでサッと帰る客もおり、各テーブルの回転率はまちまちだ。日曜だからか、若いカップルも飲みに来ており、物珍しげに店内を見回している。

「お待たせしました、わかめ酢です」

「頼んでないよ」

「えっ、失礼いたしました」

「おばさん、わかめ酢こっち」

「たいへん申し訳ございません。ええっと百三十、いや違う、百八十円です」

「要領悪いな。しっかりしてよ」

「申し訳ございません」

伝票など切らないから、注文を受けたテーブルもしっかり覚えておかねばならない。カウンターの客はひかりや求に直接注文しているから、明日美が受け持っているのはホッピーケースのテーブルを含めてたったの五つ。情けないことに、それでも混乱してしまう。

「明日美さん、マグロ刺しと鶏皮タレお願い」

「はい、ただいま!」

ひかりに呼ばれ、出来上がった料理を取りに行く。この注文があったのは、一番奥のテーブルだ。大丈夫、今度こそ間違えない。

「ねぇ、ちょっと」

二つの皿を手に身を翻そうとしたら、ひかりにエプロンの肩紐《かたひも》を引かれた。顔を寄せて、小声で囁《ささや》きかけてくる。

「接客、そんな丁寧でなくていいから。あんまり下手に出ると、舐《な》められるよ」

「えっ!」

逆ならまだしも、まさか丁寧な接客を注意されることがあるとは思わなかった。

「笑顔もいらない。無愛想なくらいでいいよ」

そんなことを言われても、明日美の頭にはコールセンターの接客マニュアルが叩き込まれている。お客様を前にして無愛想でいるほうが、かえって難しい。

少しばかり頬を引き締めて、明日美は料理を運んでゆく。

「お待たせしました。マグロ刺しと、鶏皮タレです」

「はっ、タレ？　頼んだのは塩だよ」

「でも『タレでよろしいですか』と伺ったら、お客様が『そう』と――」

「違う、塩って言ったんだよ」

「申し訳ございません。すぐ作り直させていただきます」

「いい、いい。タレも食うよ。それで、次こそ塩ね」

「かしこまりました。本当に申し訳ございません」

己の失敗を詫《わ》びるときは、さすがに無愛想ではいられない。明日美は体の前で手を重ね、深々とお辞儀をする。精算を済ませて顔を上げると、カウンターの向こうのひかりと目が合った。

「やれやれ」と言いたげに苦笑してから、ひかりは隣に立つ求を顎先で指す。ちょうど向かいにいる客に、料理を提供しているところだった。

「アジフライす。百九十円もらってきますね」

「ん、それから鶏皮」

「タレ、塩？」

「塩」

「はい、鶏皮塩いっちょう！」

最後だけ声を張り上げたものの、やり取りは淡々としたものだ。丁寧な言い回しは、この店のスピードには適さない。「タレでよろしいですか」などと聞かれたら、客のほうもイライラして、被せ気味に答えてしまう。そのせいで、オーダーミスが起こったのだ。

ひかりに視線を戻してみると、したり顔で頷き返してくる。そうしている間にも、カップル客の男のほうが「すみません」と手を挙げる。

「はい、ただいま！」

接客というのは、実に奥深い。


ノンストップで動き回っているうちに、気づけば午後四時を過ぎていた。

普段は座り仕事のため、すでに脚が痛い。もしやこのまま閉店まで休みなしで働かされるのかと、だんだん不安になってきた。床には煙草の吸い殻や紙ナプキンといったゴミが増えてきたし、空気も悪い。せめて五分だけでも、座ってひと息つきたかった。

「おう、求じゃねぇか。久し振りだなぁ、オイ」

カウンターから聞き覚えのある声がすると思ったら、擦りきれたキャップ帽を被った「タクちゃん」が来ている。求とは顔見知りらしく、和やかに笑いかけている。

「ああ、タクさん。はい、今日から週六で働くんで、よろしく」

取引のある魚屋の定休日に合わせ、この店は火曜が休みらしい。それ以外は朝から夜まで働きづめで構わないと、さっき求が言っていた。

「そうか、精が出るなぁ」

「まぁね、時さんには恩があるんで」

そこまでするだけの恩義が、本当にあるのか。時次郎はこの青年に、いったいなにをしたのだろう。

「こんな俺でも洗い物くらいはできるからさ、ヤニ休憩でもしてきなよ」

「いいんすか。じゃあ、ひかりさんも」

「今手が離せないから、先に行きな」

「じゃ、遠慮なく。あざーす」

日本全体で見れば喫煙者数は激減しているはずなのに、この店の喫煙率は昭和なみだ。若い求も吸うらしく、客の間を縫ってゆき、居住スペースとの境目の暖簾を掻き分けた。

なるほど階段の手前に置かれていた机と椅子は、休憩用か。それなら、あんな邪魔なところに置かれていたのも分かる。

ところで喫煙者でないと、休憩はもらえないのだろうか。せめて水分補給とトイレは済ませておきたいのだが、明日美を嫌っている「タクちゃん」や求にそんな配慮は望めない。ひかりが一服を終えた後で、自己申告するしかないか。

小さくため息をついてから、客が帰った後のテーブルを片づける。ビールジョッキの把手を手にしたタイミングで、二の腕を摑まれ強く引かれた。まだ中身が残っており、危うく零《こぼ》しそうになる。

「わっ！」

叫び声を上げて振り返ると、休憩に入ったはずの求が顔をまっ赤にして立っていた。

「勝手口の鍵閉めたの、アンタ？」

語気も荒く詰められて、とっさに反応できなかった。呆気《あっけ》にとられている明日美に対し、求は苛立たしげに舌打ちをする。

「アンタ以外に、いないと思うんだけど」

たしかに、閉めた。だって開けっ放しじゃ不用心だ。あたりまえのことをしたまでなのに、こんな剣幕で責められる理由が見当たらない。

「はい、閉めました」

「ふっざけんなよ！」

振り払うように明日美の腕を放し、求は厨房へと身を翻す。

「ひかりさん、ごめん。水ちょうだい。勝手口閉まってた」

「えっ。もしかして、来てた？」

「うん、アヤ坊。店に入れないからこの暑い中、外で膝抱えてた」

「あら大変！」

「熱中症になってねぇか。ほら、水！」

「タクちゃん」までが驚き慌て、コップに入った水を差し出す。それを求が受け取って、明日美にはもはや目もくれず、暖簾の向こうへと急ぐ。

なに？　勝手口？　アヤ坊？　どういうこと？

たくさんの疑問符が、頭の中を駆け巡る。求に摑まれた二の腕が、いつまでもじぃぃんと痺《しび》れていた。

階段下に設けられた席に着き、小学校低学年くらいの男の子が焼き鳥丼を食べている。むさぼると言ってもいい勢いで、必死に米を掻き込んでいる。

明日美は階段の一番下の段に腰掛けて、その様子をぼんやり見ていた。求が休憩を終えた後、ひかりに「ちょっと休みな」と言われてここへ来た。事情を知りたい明日美に説明する余裕は誰にもなく、疑問は胸に燻《くすぶ》ったままだった。

この子がアヤ坊こと、アヤトくん。分かったのは彼が来るかもしれないから、勝手口の鍵は閉めてはいけなかったということくらいだ。

いったい、どこの子なのだろう。こんな時間に食事をしては、家で晩ご飯が食べられなくなってしまう。彼の親は文句を言ってこないのかと、気になった。

それにしても、凄《すさ》まじい食欲だ。知らないおばさんに見られていても、脇目も振らずに食べ続ける。その割にTシャツから覗く腕は、骨の形が分かるほど細い。

焼き鳥丼を平らげてコップに残っていた水を飲み干すと、アヤトは満足げに息をついた。そうしてはじめて明日美に気づいたように、こちらを窺う。目が合うと、さっと顔を伏せた。

今さらながら、人見知りをしているようだ。髪は寝癖がついてボサボサだけど、愛らしい顔をしている。その口元に、米粒が貼りついている。

「ついてるよ」と教えてやると、アヤトは唇の左側に手をやった。

「違う、逆」

慌てて払ったせいで、米粒がぽとりと机に落ちる。アヤトはそれをつまみ上げ、止める間もなく口に入れた。

「あっ!」

汚いから駄目と、注意するべきだろうか。机に落ちたくらいなら、明日美も「三秒ルール」などと言って食べてしまうけど。この子の親とは、衛生観念が違うかもしれない。

小さなことで悩んでいると、暖簾を分けて求がぬっと顔を出した。

「おっ、全部食べたか。偉いな」

満面に笑みをたたえ、大きな手でアヤトの頭を撫でてやる。求には懐いているようで、アヤトも気持ちよさそうに目を細めた。なんだか猫みたいな子だ。

「どうする、宿題やってくか?」

空になったコップにペットボトルの水を注《つ》ぎ、どんぶりを下げながら求が尋ねる。アヤトは「うん」と頷いて、使い込まれたリュックから算数ドリルを引っ張り出した。

表紙に『3年2組　ひいらぎあやと』と、拙《つたな》い字で名前が書かれている。学年はもう一つくらい下かと思っていたから、驚いた。アヤトは痩せているだけでなく、三年生にしては背も低い。

「ちょっとアンタ」

去り際に、求がこちらに目を向ける。笑顔はすでに引っ込められている。

「ホールはタクさんに任せるから、宿題見て丸つけしてやって」

「えっ、私が？」

「こいつの母ちゃん、そんなんしてる余裕ないから」

それだけ言って、酔客たちの喧噪の中へと引き返してゆく。明日美はしばらく、店の手伝いを免除されるようだ。

丸つけって、ただ宿題の答え合わせをすればいいの？

よく分からない。だって明日美の可愛い一人息子《むすこ》は、たった四歳にしてこの世を去ってしまったから。

アヤトはすでに鉛筆を握りしめ、問題を解きはじめている。小数の、足し算と引き算だ。この計算は、小学三年生で習うんだっけ。

息子の晃斗《あきと》が生きていれば、こんなふうに宿題を見てやることもあっただろう。忙しいのにと文句を言いながら、その幸せに気づきもせずに。

そういえばアキトとアヤト、名前も一文字違いだ。

鼻の奥がつんと痛み、明日美は奥歯を噛《か》みしめた。

三

職場のある新宿から笹塚までは、京王線《けいおう》で約五分。通勤に体力を削られないよう、住まいは交通の便のいいところを選んだ。

金曜の夜とはいえ、いつもならまだ余力があるはずだ。けれども明日美は魂が半分抜けたような足取りで、駅の改札を通り抜けた。

今日はやけに、面倒な問い合わせが多かった。特に最後の客には、一時間四十分も粘られた。

明日美が勤めるコールセンターでは、スマートフォン端末の修理受けつけや、基本的な操作方法のサポートなどを担っている。最後の電話もまた、修理希望の客だった。

しかし顧客データから調べてみると、メーカーの保証期限が切れていた。それなら正規の修理費用が必要だ。その旨を伝えると、相手はごねにごねた。

なんのために、決して安くもない延長保証に加入したのか。そう文句を言いたくなる気持ちは、分からなくもない。でも延長保証にだって期限があることは、あらかじめ伝えられているはずだった。

そこから先は、「保証を認めろ」「できません」の押し問答。こういう場合は、相手が根負けするのを待つしかない。すぐ諦めてくれる客もいれば、粘る客もあり。一時間四十分は、今までの最長記録だ。

そのせいで、三十分ほど残業になってしまった。自宅アパートに帰り着くころには、九時を過ぎてしまう。

晩ご飯、どうしよう。

空腹は、すでに耐えがたいほどだった。帰宅してから夕飯を作りはじめると遅くなるし、その気力もない。

「――疲れた」と、小声で呟いた。

考えてみれば前の土日は、まともに休息を取れていない。土曜日には時次郎に多額の借金があることを知らされて、日曜日は「まねき猫」の閉店時間までこき使われた。

月曜からは、通常業務。水曜日は通勤前に病院に寄り、時次郎に着替えを届けたりもしている。やけに長く感じられた一週間だった。

さっさとご飯を食べて、早く寝なくちゃ――。

明日と明後日《あさって》は、またも「まねき猫」の手伝いだ。「アンタが入れるなら、土日のスタッフ探さなくて済むんだよ！」と、求に押し切られた形である。

つまりこの先、明日美には休日というものがない。平日はコールセンター、週末は「まねき猫」。四十二歳の体力で、はたしてどこまでもつだろう。

そう考えると、自宅へ向かう足取りが重くなる。

お金の心配さえなければ、求に言いくるめられることもなかっただろうに。

明日美の収入では、自分自身を養うだけで精一杯だ。時次郎の入院費用は、「まねき猫」のあがりで賄いたい。「宮さん」への借金完済に向けて、こつこつと貯金をしてゆく必要もある。

ならできるかぎり支出を抑えて、店の利益を増やさなければ。土日のシフトに明日美が入れば、少なくとも一人分の人件費は浮く。

東京都の最低賃金は、時間額千円を超えている。土日だけでも、人件費は馬鹿にできない額になる。体力に自信がなくたって、四の五の言っていられない。

近ごろは、日々の出費まで節約しなきゃと気が揉める。空腹ながら、駅前の飲食店は素通りすることにした。

たしか家に、冷凍うどんの余りがあったはず。それに白出汁《しろだし》をぶっかけて、卵を落とせば充分か。

そもそも明日美は、料理があまり得意じゃない。家庭があったころはそれなりに頑張っていたが、自分だけのために包丁を使うのは億劫《おっくう》だった。

湿気を含んだ夜風に濃い緑のにおいを感じ、顔を上げる。駅から南へ歩いてゆくと、小さな橋を境にして、土で固められた昔ながらの堀割が現れる。

玉川上水《たまがわ》である。このあたりの流れはほぼ暗渠《あんきょ》化されているが、ほんの一部がこんなふうに、開渠《かいきょ》になっている。

V字型に切れ込んだ地面の底に、流れる水はわずかなもの。仮に落っこちたとしても足元を濡《ぬ》らす程度で、溺《おぼ》れるのは難しい。

水路のある町は、もうこりごりだと思っていたのに――。

この開渠に気づいたのは、引っ越しを終えてからだった。内見のときは不動産屋の車で回ったから、この道は通らなかったのだ。

しばらく行くと暗渠になり、水の流れは見えなくなる。この暗渠に沿って歩いてゆけば、自宅アパートにたどり着く。

駅から徒歩約十分。この道が、最短距離である。

けれども大雨が降って水嵩が増している日には、明日美はいつも、迂回路《うかいろ》を取ることにしていた。


神経が細くなっているせいか、近ごろは眠りが浅い。

時次郎の今後に、お金や店のこと。心配事が山積しているのだから、無理もない。早朝にふと目が覚めて、二度寝をしようにも叶わず、疲れを引きずったまま起き上がることになる。

時計を見れば、午前五時四十六分。「まねき猫」には、十時前に着けばいいはずだ。

時間があるので溜まった家事を片づけたいところだが、このアパートは壁が薄い。土曜の早朝から洗濯機や掃除機の音を立てると苦情がくる。トーストとコーヒーだけの簡単な朝食を済ませ、出かける準備を先に整えることにする。

水曜日に引き取ってきた時次郎のパジャマやタオル類は、綺麗に洗ってボストンバッグの中にまとめてある。病院で用意されているアメニティセットを申し込めば洗濯の手間もなく楽なのだろうが、なにせ日額五百円だ。本音を言えば時次郎が使ったものなど洗いたくはないが、節約のためである。

着替えと軽いメイクを終えても、まだ六時半。とたんに手持ち無沙汰になってしまった。だったらもう、涼しい朝のうちに移動してしまおうか。なにしろ「まねき猫」の二階の片づけが、手つかずのままだ。ひかりが出勤してくる前に、ある程度は進めておきたい。

——と、思ったのだが。

「まねき猫」に到着したのが、七時半ごろ。なんと店にはすでに、先客がいた。

表のシャッターは下りていて、鍵はたしかに明日美が開けた。それなのに店内はエアコンがついており、逆さにしたホッピーケースに、少年がちょこんと座っていた。

「ああ——」

明日美は天を仰ぎ、額を手で覆った。

「おはよう！」

今日も盛大に寝癖をつけたアヤトが、元気いっぱいに挨拶を寄越す。

「おはよう。こんな早くからどうしたの？」

「暑くて、目が覚めちゃった」

襟元のよれたTシャツの胸元を摑み、アヤトはバタバタと煽《あお》いでみせる。

外の日差しは、すでに目を刺すほどに強い。気温は急速な上昇を見せており、室内にいても熱中症の危険がある。エアコンがなければ、おちおち寝てもいられない。

「お母さんは？」

「仕事に行った」

「こんな早くに？」

驚いて、店内の壁掛け時計を確認する。アヤトの母親は、ビジネスホテルの清掃業務に就いているはずだった。

「早朝バイトのほう」

ダブルワークか。シングルマザーは忙しい。

「そう。だけど、誰もいないときに来られちゃ困るよ」

子供相手に大人げないが、ため息が洩《も》れるのを止められない。

この子がいつ来てもいいように、勝手口の鍵は閉めるなと、求から強く言い渡されている。だが時次郎不在の今、深夜から朝にかけての「まねき猫」は無人だ。その時間帯に入り込んできた子供がなにか事故でも起こしたら、どう責任を取ればいいのか。

「ごめんなさい。モールも図書館も、まだ開いてなくて」

叱られたと感じたらしく、アヤトがしゅんと肩を縮める。頭の上に、折れ曲がった猫の耳が見えた気がした。

べつにこの子を、萎縮させたいわけではないのだけれど。目の前の子供をどう扱えばいいいのか分からなくて、明日美は目を瞑《つむ》ってこめかみを揉んだ。

アヤトが母親と二人で暮らしている部屋は、春先にエアコンが壊れたっきり、修理もつけ替えもしていないという。東京では、夏場のエアコンはもはや生活必需品。暑くて寝ていられないのもあたりまえだ。

無理をすれば、命にかかわる。アヤトは母親から、昼間はショッピングモールや図書館に避難するよう言いつけられているそうだ。でもこの時間からこうも暑くなられては、彼には涼を取れる場所がない。

だからって人んちにこっそり上がり込んで、勝手にエアコンつけるってどうなのよ――。

一度アヤトの母親を呼びだして、話をしたほうがいいと思う。だが下手《へた》に口を出すと、きっと求がうるさい。「部外者が横槍《よこやり》入れてくんな！」とかなんとか、唾を飛ばして怒りそうだ。

本当に部外者だったら、どんなによかったことか。明日美の生活は、今や「まねき猫」と切り離すことができない。

本音を言えば、なにもかも知らぬ存ぜぬで手放してしまいたい。それなのにこの世のしがらみというやつは、逃れようとしてもうねうねと触手を伸ばしてくる。

まさか他人の子供の面倒まで、見る羽目になるとは思わなかったけど――。

ゆっくり目を開けてみると、アヤトが不安げにこちらを見上げていた。明日美はただ困惑しているだけなのだが、叱られるのではと身構えている。大人の顔色を窺うのが、癖になっているような子だ。幼気《いたいけ》な目をされると、いたたまれなくなってくる。

「なにか、飲む？」

暑くて目が覚めたなら、体内は脱水状態かもしれない。尋ねてみると、アヤトはほっとしたように頷いた。

明日美もちょうど、喉が渇いていた。肩に掛けていた荷物をいったんカウンターに置き、厨房に入る。

この店のドリンクメニューには、ソフトドリンクの項目がない。業務用の冷蔵庫を開けてみても、入っているのは割りもののグレープフルーツジュースとウーロン茶、それから無糖の炭酸水と水である。

「グレープフルーツジュースとウーロン茶、どっちがいい？」

「どっちもちょっと、苦いから――」

「なら水だね」

水分補給という点でも、それが一番だ。

そういえば幼くして亡くなった息子も、百パーセントのグレープフルーツジュースを「苦い」と言って嫌がった。代わりに好きだったのはアップルジュース。酸味を感じられないあのべったりとした甘さが明日美は嫌いだったけど、晃斗は美味しそうに飲んでいた。

「ねぇ、アップルジュースは好き？」

水のグラスを渡しながら、聞いてみる。アヤトはきょとんとした顔で首を傾げた。

「べつに、普通」

なにを聞いているのだろう。名前が一文字違いだからって、この子と晃斗はなんの関わりもないのに。

質問の意図を曖昧にしたまま、明日美はグラスに注いだ冷たい水を喉に流し込む。渇いた体が欲するままに、ほとんど飲み干してしまった。

「朝ご飯は食べたの？」

「うん、あんパン」

ひと口だけ水を飲み、アヤトが頷く。グラスを握る手の爪が、ちょっとばかり伸びすぎている。

「お昼は？」

「持ってきたよ、ほら」

傍らに置いてあったリュックを膝に載せ、アヤトが取り出したのはまたしても菓子パンだ。イチゴジャムとマーガリンを挟んだ、コッペパン。カロリーだけは立派だが、食事代わりにするには栄養の偏りが心配になる。

だからこそ、彼はこの店への出入りを許されているのだろうけど——。

「ねえ、おばちゃん」

幼い声で呼びかけられて、明日美は「ん？」と応じる。見返すアヤトの目は、一点の濁りもなく澄んでいる。

その瞳に懐かしい面影を探しそうになったとき、アヤトがゆっくりと瞬きをした。

「時次郎おじちゃんは、いつ帰ってくるの？」

澄みきった目の縁から、じわりと涙が滲《にじ》み出る。時次郎を襲った突然の病に、彼だって小さな胸を痛めているのだ。

答えようがなくて、明日美は「うっ」と言葉に詰まる。

昨日の朝、病院の地域連携室に勤めるソーシャルワーカーから電話があった。時次郎の、今後についての相談だ。

要介護認定の申請はまだこれからだが、時次郎に重い障害が残るのはまず間違いない。退院後は在宅で介護をするか、それとも施設に入れるか。今の段階での考えを教えてほしいという用件だった。

明日美は形ばかり迷う素振りを見せてから、「在宅は難しい」と答えていた。

四

アヤトが一階で宿題をすると言うから、明日美は予定どおり、二階の片づけに取りかかることにした。

そのつもりで、自宅からスリッパを持ってきている。来客がないのをいいことに、長年使い続けてきたスリッパだ。端が擦りきれたり黒ずんだり、いい加減買い替えねばと思っていたからちょうどいい。靴下の裏が汚れる心配もなく、明日美は乱雑な部屋へと分け入ってゆく。

まずは手前の部屋の、ゴミの分別から。大量の空のペットボトルは、中を濯《すす》いでキャップとラベルを分けるだけでもひと仕事だ。細かい作業は後回しにし、ひとまずゴミ袋に詰められるだけ詰めて、洗面台の脇に置いてゆく。

可燃ゴミに、プラスチックゴミ。古紙は束にして紐で縛り、どんどん廊下に積み上げる。布団はいつから敷きっぱなしになっているのか、湿気を吸い、どんよりと黄ばんでいた。洗っても干しても、使いものにならないだろう。粗大ゴミに出してしまおうと、丸めてこれも紐で縛った。

あちこちに散乱している衣類はどれもこれも着古され、シミがあったり小穴が空いていたりと、まともなものが少なかった。

この先時次郎は、どうせ死ぬまでベッドの上だ。パジャマ以外は必要ないと割りきって、それらもどんどんゴミ袋に詰めてゆく。排泄《はいせつ》だっておむつだから、ゴムの伸びきった下着もいらない。情け容赦なく捨てることにする。

後から文句をつけられたって、知るもんか。そもそも時次郎が文句を口にできるくらいまで回復するのかどうかも、定かではない。

こんなふうに時次郎の私物を根こそぎ捨ててしまったら、また「タクちゃん」あたりに「血も涙もない娘」と詰《なじ》られるのだろう。でも明日美は、この家のものになに一つ思い入れがない。今さら家族と言われても、残すべきものなど分からない。

他人にばかり、いい顔をして――。

胸の内で不平を洩らし、明日美は唇を噛みしめる。

時次郎は、いつもそうだ。娘を家に放置しながら、外では「陽気な時ちゃん」とちやほやされていた。その延長なのか、「まねき猫」を引き継いでからは、なんとアヤトのような三食まともに食べられない子供を引き入れて、無償で食事を提供していたという。

求曰く、「俺も京也も安里も、元は時さんに食わせてもらってたガキなんだよ」とのこと。かつては時次郎がいなければ生き延びられたかどうかも怪しいほど、深刻な状態にあったらしい。

だからこそ求は時次郎にひとかたならぬ恩義を感じ、憧れてもいるのだ。

まだ会ったことはないが、京也と安里も求の招集に応じ、平日のシフトに入っている。

二人もきっと、求と同じ気持ちなのだろう。

よその子供のことは気にかけるのに、なんで――。

明日美だってできることなら父親を尊敬したかったし、愛したかった。時次郎はそれに相応《ふさわ》しい振る舞いを、当の娘にだけは見せなかった。

目頭がじわりと熱くなり、明日美は慌てる。あの男に、まだなにか期待しているのだろうか。

私だって、もっと可愛がってもらいたかった。

そんな想いを、四十二にもなって抱くなんて。

馬鹿馬鹿しいと、首を振る。自分はもう、立派なおばさんだ。それなのに、タマネギみたいにペリペリと外皮を剝いてゆくと、芯のところに一人ぼっちで膝を抱える少女がいる。愛されたかったと、泣いている。

階下から話し声が聞こえ、明日美はハッと正気づく。いつの間にか、片づけの手が止まっていた。

物思いに耽《ふけ》っているうちに、ひかりが出勤したのだろう。女性にしては、低い笑い声。階段のすぐ下で、アヤトとなにか喋っている。

一応、挨拶をしておかないと。衣類を詰めたゴミ袋を置き、明日美は洗面台で手を洗う。汚れた鏡を覗き込むと、目元の窪んだ中年女性が陰鬱に見つめ返してきた。

階段下の机では、アヤトが宿題を広げていた。ひかりが机に手をついて、分からないところを教えている。

明日美の足音に気づいたか、ひかりがファンデーションを塗り重ねた顔を上げた。

「おはよう。早くから来てたのね」

「ええ、まぁ。おはようございます」

応じてから、アヤトが取り組んでいるプリントにちらりと目を遣る。植物の一生についての問題だ。夏休みの宿題らしい。

「そっか、夏休み」

「うん、今日から」と、アヤトが目を細めて頷いた。

「宮さん」たちや時次郎が、しきりに気にしていた夏休み。そのわけが、今なら分かる。夏休みには、学校給食がないのだ。

真夏にエアコンの修理をする余裕もないくらい、アヤトの家の経済は逼迫《ひっぱく》している。昼食にコッペパン一つしか持たされていないのも、安いからだ。さっき見たパンの袋には、二割引のシールが貼ってあった。

母親がダブルワークをしていても、二人で生きてゆくのが難しい。特にコロナ禍ではビジネスホテルの清掃のシフトが極端に減り、家賃を払えるかどうかも怪しいくらいだったという。

そのころに比べれば多少は持ち直したようだが、光熱費や物価の高騰により、苦しいことに変わりはない。長期の休みには頼みの綱の給食もなく、育ち盛りのアヤトは常にお腹《なか》を空かせている。

だからこそひかりは明日美の同意も得ず、店の営業を続けていたのだ。もしかするとご飯を食べにやって来る子は、アヤトの他にもいるのかもしれない。隣のラーメン屋との間のわずかな隙間も、痩せた子供なら楽に通り抜けられる。

発話もままならぬ時次郎が必死に「夏休み」と訴えかけてきたのは、よその子供を助けるため。そう悟るとますます、胸に苦いものが広がってゆく。

行い自体は、称賛に値するのだろう。けれども時次郎に対しては、「どの面《つら》下げて」という思いが拭えなかった。

子供なんて、そんなに好きだった？　と、時次郎に聞いてみたい。ならどうして晃斗の一周忌の法要で、あんな心ない言葉を言い放ったのか。

〈いつまでもメソメソすんな、鬱陶しい。子供なんか、また産みゃあいいだろう〉

たとえ二人目ができたとしても、その子は決して晃斗ではないのに。孫の死すらも軽く扱った時次郎に、子供を救う資格なんてあるのだろうか。

「明日美さん、疲れてるんじゃない。大丈夫？」

ああ、またぼんやりしてしまった。ひかりに気遣われ、いけないと首を振る。

「朝早く目が覚めて、ちょっと寝不足なだけです」

「そう？　心労もあるだろうし、無理はしないでね。いざとなったらホールはタクちゃんに任すから」

優しい言葉をかけられても、素直に受け止めることができない。ここに集まる人間はどうせ皆、時次郎の味方だ。明日美の気持ちに寄り添ってくれる者など、いやしない。

ひかりに曖昧な笑みを返し、体を斜《はす》にして机の脇をすり抜ける。

午前九時。病院の面会時間はまだ午後の数時間に限定されているが、荷物の受け渡しだけなら窓口でできる。

「父の着替えを、届けてきます」

そう告げて、カウンターに置きっぱなしだったボストンバッグを肩に掛けた。「行ってらっしゃい」という返事を、背中で聞く。

そのまますぐに、出かけることはできなかった。半分下りたシャッターを、潜り抜けてくる男がいたせいだ。

「おっはようございまーす！」

威勢のいい挨拶だが、求ではない。屈むと腹の肉が邪魔らしく、「ほっ！」という掛け声と共に立ち上がる。両手には、『宮崎ピーマン』とプリントされた段ボール箱を抱えていた。

「毎度どうも、八百久《やおきゅう》です！」

ぎょっとして、反射的に顔を背ける。

八百久は、近所に昔からある八百屋である。野菜の配達に来たようだ。

知らなかった。まさか八百久と、取り引きがあったなんて。

そういえば八百久の親爺《おやじ》と時次郎は、飲み仲間だったたっけ。店番を奥さんに任せ、昼間っからおでん屋で一杯やっていた。その息子は、明日美の同級生だった。

「あれ？」

背けた横顔に、視線が注がれるのを感じる。男はまじまじと、明日美を見ている。

間違いない。体形はすっかり様変わりしているが、八百屋の弘《ひろし》だ。

どうか気づかず、スルーしてくれますように。そんな願いも虚しく、弘は思いもよらぬ再会に顔を輝かせた。

「もしかして、明日美か。こっちに戻ってきてたんだな！」

子供のころと変わらず、声が大きい。段ボール箱を小脇に抱え、気安く肩を叩いてくる。なるべく知り合いに見つからないよう、気をつけていたのに。弘に見つかったら、すべてが水の泡だ。きっとこの界隈に残っている同級生全員に、連絡がいく。

「時さんの具合どう？　大変だったな。力になれることがあったら、遠慮なく言えよ」

十年以上会っていなかった幼馴染みにも、昔と変わらず接してくる。弘は気のいい男である。

だからこそ、会いたくなかった。

「なんかやつれてるけど、飯食ってるか？　あんなことがあったから、皆心配してたんだぞ」

ああ、やっぱり。この街の人間は、遠慮というものを知らない。

他人にはドアノブにすら触れられたくない、禁忌の扉。彼らはそれを、こじ開けにくる。放っておいてと言いたくても、喉の奥になにかが貼りついたようになって、声が出ない。

明日美は曖昧に頷いてから、弘を振りきって外に出る。日差しが研いだように鋭くて、目の前がしばらく真っ白になった。


晃斗の失踪は、全国ネットでニュースになった。

当時住んでいたマンションの、中庭で息子を遊ばせている間の出来事だった。たまたま出くわした自治会長にゴミの出しかたを注意されて、ほんの一瞬目を離した。その隙に、晃斗の姿はかき消えていた。

四歳の子供の足だ。そう遠くへは行けないだろうと踏んで、近所中を駆けずり回った。もしかすると、一人で公園に行ったのかもしれない。大雨の後で足元が悪いからと、中庭で我慢させたのが不満だったのだ。

だが晃斗は、公園にもいなかった。たむろしていた中学生に聞いてみても、そんな子供は見ていないという。

農業用水路が、随所に張り巡らされた町だった。その日はちょうど水嵩が増しており、流れが早くなっていた。そこに落ちたのではないかと警察は水路を重点的に調べはじめたが、誰かに連れ去られた可能性も捨てきれない。三日後には、公開捜査に踏み切られた。

晃斗の名前と顔写真、それから明日美の名前、住んでいた町の様子まで、すべて報道された。マスコミが押し寄せて、憔悴《しょうすい》しきっている明日美や夫からどうにかしてコメントを取ろうとし、ワイドショーでは憶測が飛び交った。

もっとひどかったのはＳＮＳだ。子供から目を離した明日美は、ひどい言葉で吊《つる》し上げられた。でも、そのとおりだと思った。明日美が一瞬たりとも目を離さなければ、晃斗はすぐ傍《そば》で笑ったり泣いたり、我儘《わがまま》を言ったりし続けているはずだった。

晃斗が見つかったのは、失踪から九日後のことだった。用水路が流れ込む大きな川に、浮かんでいるのを発見された。

周りの状況から事件性はなく、やはり足を滑らせて用水路に落ちたのだろうと結論づけられた。水死した晃斗は生前の姿を留《とど》めておらず、「見ないほうがいい」と捜査関係者に止められ、遺体とは面会できなかった。

晃斗の失踪が報じられた後、地元の友達から何度も連絡があった。明日美はそのすべてを黙殺した。安全な場所から慰められても、苦痛でしかないと思った。それならまだ、ひどい言葉で罵られたほうがましだった。

どこに行ってもあの町では、「例の事故の母親」と噂《うわさ》された。それでも明日美は晃斗の三回忌を終えるまで、同じマンションに住み続けた。夫との関係はぎくしゃくしており、法要を済ませたら離婚することが決まっていた。

水路ばかりが目につく町はもううんざりだったから、東京に戻ることにした。「例の事故の母親」と、噂されない街に紛れ込みたかった。だから時次郎が倒れるまで、赤羽には一度も寄りつかなかったのに――。

「ねぇ、明日美さん。本当に大丈夫？」

自分のいる場所が、一瞬よく分からなかった。声のしたほうに顔を向けると、ひかりがタマネギのスライスを水に晒《さら》しながら、首を傾げていた。

続いて、手元に目を落としてみる。左手に鶏皮、右手に串。そうだ、病院から戻ってきて、仕込みの手伝いに入ったところだった。

「ぼんやりしてんなよ、オバサン。怪我すんぞ」

アスパラのはかま取りをしていた求が振り返り、憎たらしい口を利く。

言われたそばから、串で指を突きそうになった。

「体調が悪いなら、無理せず言ってね」

「いいえ、そういうわけじゃないんです」

無意識に、階段下のあたりを見遣る。暖簾に遮られたその向こうに、アヤトはいない。

ひかりに振る舞ってもらったマグロの山かけ丼を平らげて、外に遊びに行ったのだ。

甲高い子供の声が聞こえないことに、明日美は我知らず安堵《あんど》していた。

「たぶん私、子供が苦手で」

このオバサンは突然なにを言いだしたのかと、求が怪訝《けげん》そうに眉を寄せる。だがひかりは「そう」と、訳知り顔に頷くだけだった。

時次郎に聞いたのだろうか。ひかりもまた、「例の事故」について知っている。そう悟るのに充分な間合いだった。

五

一日の営業を終えると、腰が痛む。

体がまだ、立ち仕事に慣れていないのだ。両脚も重だるく、触れてみなくてもふくらはぎが張っているのが分かった。

軋む体をどうにか動かし、散らかり放題の床を掃き清めてゆく。

今日も客が途切れることはなく、要領の悪い明日美は散々に文句をつけられた。絡み酒の男が一人いて、そいつが特にしつこかった。

心身共に疲れ果て、箒を持つ手も感覚が鈍い。そもそもこの箒の柄は、なぜこんなに短いのか。身を屈めなきゃいけなくて、よけいに腰がつらくなる。

不満を胸に燻らせていたら、厨房から出てきた求に怒鳴られた。

「オバサン、もうそのへんでいいから、どいて。水撒いちゃうんで」

シンクの蛇口にホースが繋がれており、求がその一端を摑んでいる。どかなければ、問答無用で水をかける気だ。

機敏には動けずに、のろのろと脇へ移動する。求が床に水を撒き、デッキブラシで擦《こす》りはじめる。

明日美はちり取りの中のゴミを持て余しつつ、ひとまず階段下の椅子に座った。いったん腰を落ち着けると、今度は立つのが億劫だ。このままどろりと、溶けてしまいたい。

客のいない「まねき猫」の店内は、煙草と揚げ油の残り香が漂い、気怠《けだる》げだ。瞼がしだいに、重くなってきた。

「お疲れ様。これ、置いとくと硬くなっちゃうから食べて」

手早く洗い物を終えたひかりが、「はい」と机に皿を置く。二十代の求はともかく、ひかりも案外スタミナがある。仕込みも含めるとかなりの長時間労働なのに、明日美よりよっぽど平気そうな顔をしている。

皿の上には、いなり寿司が二つ。食事の締めとしても、日本酒のつまみとしても、人気のあるひと品だ。

ちょうど小腹が空いていた。「ありがとうございます」と頭を下げて、明日美は添えられた割り箸を手に取った。

ひと口囓《かじ》ると、おあげから甘辛い出汁がじゅっと滲み出る。中の酢飯には煎《い》り胡麻《ごま》が混ぜ込まれ、噛むたびに歯の間でぷちぷち弾《はじ》けた。

少し甘めの味つけが、疲労の欠片を包んで溶かし去ってゆく。ほんの少しだけ、元気が出た。

店との境の暖簾を上げて、ひかりが立ったまま煙草に火をつける。今さらながら、明日美は自分一人が座っていることに思い至った。

「あの、座りますか？」

「ううん、気にしないで」

壁に身をもたせかけ、ひかりが顔を背けて煙を吐く。仕事終わりの一服が、実に旨そうである。

「ねぇ、疲れてるみたいだけど、明日も来られる？」

そんなにも、疲れ果てて見えるのだろうか。ひかりの問いに、明日美は薄く笑みを浮かべる。疲労が一気に蓄積した感じは、たしかにある。

「大丈夫です。でもあの、一つ気がかりがあって」

箸を置き、居住まいを正して切り出した。今日の営業が終わったら、話をしようと思っていた。

「よそのお子さんを誰もいない家に出入りさせるのは、やっぱり問題があるんじゃないでしょうか」

今朝《けさ》も感じた、アヤトに関する危惧を伝える。

ひかりは、なにも言わない。でも眼差しが、先を促している。

ならばと明日美は、一気に言い募った。

「無人の店内でアヤトくんが怪我でもしたら、どう責任を取るつもりですか。最悪の場合、火を出してしまうかも。そうなると近隣にだって迷惑がかかるし、もう少し考えたほうがいいと思うんです」

そこまでの事態には至らなくとも、このコンプライアンス時代、人様の子供に関わるのは慎重になったほうがいい。場末の居酒屋に出入りさせていることが明るみに出れば、文句をつけてくる輩《やから》がきっといる。

「そもそもここに出入りしていること、アヤトくんのお母さんは知っているんですか。未成年者略取だとか騒がれたら、大変ですよ」

粗忽者《そこつもの》の時次郎に、そういった根回しができるとは思えない。子供を取り巻く環境は、昔と今では違うのだ。野良猫に餌づけをするような感覚で、手を出してもらっては困る。

「ごちゃごちゃうるせぇオバサンだなぁ」

目の前が、ふいに陰った。ひかりの背後に、体格のいい求が立っている。かと思うと、階段下の狭いスペースに身をすべり込ませてきた。

「あっ！」

と言う間もなく、手つかずのままだったもう一つのいなり寿司が消えた。

もごもごと、求が口を動かしている。目を見張るべき早業だった。

「そりゃあ子供嫌いのアンタから見りゃ、ガキが餓《う》えてようが、どうだっていいんだろうけどさ」

「そんなことは、言ってませんけど」

むっとして、言い返す。求がとげとげしいのはいつものことだが、これは拡大解釈が過ぎる。

「今どきは子供の保護者も神経質になっていますから、もっと常識のある行動をですね――」

「アヤ坊の母ちゃん、知ってるよな？」

求は、ろくすっぽ聞いていない。明日美の抗弁を途中で遮り、ひかりに顔を振り向ける。

「そうね。一度、挨拶とお礼に来てくれたわね」

頷いてから、ひかりは短くなった煙草を足元に落として踏み潰す。その一連の動作にも、驚かなくなってしまった。慣れとは、恐ろしいものである。

「ちょうどコロナ禍の、休業要請が出まくってたころでね。仕事も減ってたんでしょ。食事のお代なんか結構よと言ってあげたら、ボロボロと泣きだしちゃって。よっぽど追い詰められていたんでしょうね」

保護者はすでに、丸め込まれている。明日美はしばらく言葉に詰まってから、次なる反論を捻り出した。

「でもそれなら、ちゃんとした団体がやっている子ども食堂がありますよ。うちみたいな居酒屋よりも、安心して子供を出入りさせられるんじゃないですか?」

「は、なにそれ寝言? アンタ、子ども食堂のことなんも知らねぇだろ」

とたんに求が、声を荒らげる。威嚇するように、机にドンと手をついた。

「この近くにも何軒かあって、ボランティアが頑張ってるけどさ。どこも月に一度か二度しかやってねぇ。全部ハシゴしてやっと、週一で飯にありつけるって感じだ。アンタはそれで、腹が減らねぇってのか?」

そう言われると、ぐうの音も出ない。ニュースなどで時折耳にしているが、子ども食堂の活動について、調べようとしたことはなかった。

「だ、だけど、今の子はアレルギーだって怖いし――」

論点がずれたことは、自分でも分かっている。決まりが悪くて、求の意見を素直に受け入れることができないだけだ。声が、尻すぼまりになってゆく。

「問題ない。アヤ坊に『まねき猫』を教えたのは、小学校の保健師だ。もともと時さんの飲み仲間でさ。低体重の子供を見つけたら、紹介してもらってる。わざわざ親に聞かなくたって、アレルギーくらい把握できてんだよ」

アヤトが「まねき猫」に通うようになったきっかけが、謎だった。まさか保健師まで巻き込んだ、紹介システムが構築されていようとは。

「それでもつべこべ言ってくる奴がいたら、飯の食えねぇ子供に食わしてやって、なにが悪いんだって言ってやるよ。あとはなんだ、誰もいない時間帯にアヤ坊が来るのが悪いってか」

肉体派な見かけながら、求は意外と弁が立つ。明日美が挙げた懸念事項を、一つずつ潰していった。

「だったら簡単だ。アンタがここの二階に住みゃあいい」

「はっ？」

喉の奥から、思いのほか険しい声が洩れた。求はまったく意に介さず、先を続ける。

「どうせ時さんが退院してきたら、同居になるだろ。介護もあるしさ」

なにを言ってるの、この子は――。

衝撃のあまり、頭の中がくらりと揺れる。求はあたりまえのように、時次郎の面倒は明日美が見るものと決めつけている。

平日は会社に行って、土日は店を手伝って。今でも手一杯なのに、介護までやれと？

しかも相手は、半身不随の大男だ。明日美だって小柄なほうではないが、しょせんは女性。時次郎相手では、体位変換すら難しい。親子関係だって良好ではないというのに、そんな日々に耐えられるのだろうか。

体を壊して、鬱になってる未来が見える――。

ありがたくもない未来予想図に、明日美は思わず頭を抱えた。

「コラ。肉親でもないのに、勝手なこと言わないの」

ひかりが求をたしなめてくれなければ、取り乱していたかもしれない。

「いや、でもさ」

「求！」

まだなにか言いたそうにしていた求も、渋々ながら口をつぐむ。

どういうつもりなのだろう。ひかりも、時次郎サイドの人間ではないのか。

恐る恐る顔を上げてみる。いつの間にか、ひかりは二本目の煙草に火をつけていた。

「でもそうね。ここでアヤトが一人で過ごすのは、たしかにいただけないかもね」

煙が邪魔になって、表情がはっきりとは窺えない。ひかりは息を吐ききってから、こちらに向き直り、肩をすくめた。

「防犯のためにも、閉店後は勝手口の鍵を閉めておきましょう。アヤトには、朝九時以降に来るよう言い含めておくわ。それでいい？」

九時ごろなら、ひかりがすでに出勤している。大人がついていられるなら、アヤトの出入りを拒む理由はない。

「はい」と、明日美は力なく頷いた。

「まねき猫」の二階に、引っ越してくるつもりはない。それでも早く片づけて、どうにか寝起きできる状態にしなければ。でないと本当に、体がもたない。

帰宅するひかりと求を見送ってから、店舗のシャッターを閉め、明日美は月の見えない空を仰ぐ。うつむくと余計に気が滅入りそうだが、上を向いてもため息が洩れるばかりだった。

急げばまだ、ギリギリ終電に間に合うかもしれない。だけどもう、走れるほどの気力、体力が残っていない。どうせ明日もここに来るのだ。無理に帰ろうとはせずに、先日も泊まった漫画喫茶に行ったほうがいい。

こんなとき、二階で休めると体が楽だ。土曜の夜だけでも泊まれるようにしておけば、無駄に疲れを溜めなくて済む。

欠伸《あくび》を噛み殺しながら、明日美は酔客もまばらになってきた通りを歩いてゆく。一滴も飲んでいないのに、疲労のせいで足元がおぼつかない。腰とふくらはぎにシップを貼りたいが、ドラッグストアはすでに閉まっている。

終電を諦めたらしい若者たちが、コンビニの前にたむろして、南国の鳥のようにけたたましく笑っている。彼らから少し離れたところでは、腫れぼったい目をした初老の男が地べたに足を投げ出して、カップ酒を大事そうに啜っていた。

深夜営業の居酒屋に流れる余裕もなく、行き場を失った人、人、人。祭りの後のような侘《わび》しさが、街全体に漂っている。明日美だって帰るべき場所を見失ってから、もうずいぶん経つ。

アヤトは明日も朝早くから、「まねき猫」にやって来るのだろうか。勝手口の鍵を閉めてきたから、中に入れず、暑い中を彷徨《さまよ》う羽目になるかもしれない。

子供は苦手だ。どうしたって、亡くした晃斗を思い出すから。でも決して嫌いなわけではないし、子供たちができるかぎり傷つけられないようにと願っている。

しょうがない。鍵を開けるために、明日も早起きをしよう。

そう決めて、明日美はたどり着いた漫画喫茶の個室で眠りについた。

六

待ち人というのは、来ないものだ。待っていなければ不意打ちで来るが、期待したとたんに来なくなる。七時前から「まねき猫」で待機していたのに、アヤトが顔を見せたのは昼を過ぎてからだった。

約束したわけじゃないから、べつにいい。お陰で二階の片づけも進んだ。奥の部屋にはまだ手をつけていないが、手前の部屋は新しい布団さえ用意すれば寝泊まりができる。

だから早起きも、無駄じゃなかった。自分にそう、言い聞かせる。内心では、あてが外れたのを残念に思っている。

アヤトが店に出入りすることをよく思っていなかったはずなのに、どういった心境の変化だろう。自分で自分が、よく分からない。アヤトの笑顔を見ると胸が搔き乱されて苦しいのに、訪れがないと、なにをしているんだろうとやきもきする。

「まねき猫」の営業中にやってきたアヤトは、熱々の鶏唐揚げとご飯でお腹を満たすと、宿題もせず「遊びに行ってくる！」と飛びだしていった。その瑞々《みずみず》しさが眩《まぶ》しくて、気づけば目を細めて見送っていた。

あの子にはまだ、体の節々が痛むという感覚は分からないんだろうな。

そんなことを考えながら、明日美は慣れない給仕に励む。

今日もけっきょく、寝不足である。頭の中がぼんやりして、単純なおつりの計算すら間違えた。

「アンタ、いつまで経ってもミスばっかだなぁ」

日が暮れてから現れた「タクちゃん」が、唇を尖らせて小姑《こじゅうと》のような厭味《いやみ》を言ってくる。客として来たはずなのに、「ほい、ご注文の品だよ」と、周りのテーブルに料理を配っている。常連だから金額が頭に入っており、会計もスムーズだ。

「そんなに経っていません。今日で三日目です」

「はいはい。お手伝いできて、偉い偉い」

すっかり馬鹿にされている。でも「タクちゃん」は、店にとってありがたい存在だ。人手の足りないときはホールに入ってくれ、しかも「年金もらってっから」と言って、報酬を受け取ろうとしない。ただ働きをさせているという後ろめたさがあるせいで、こちらも強くは出られなかった。

皆それぞれに、「まねき猫」を残そうと協力している。この店がなくなると、困る子供がいるからだ。「宮さん」が返済期限などあってないような条件を設けて大金を貸してくれたのも、そのためだろう。

時次郎が広げた輪だと思うと複雑な気分だが、立派な志には違いない。その一方で、これはただの居酒屋がやるべきことなのかという疑問も残る。

親が必死に働いているにもかかわらず、子供たちが餓えるのは、明らかに行政の失敗か怠慢だ。たまたま目についた一人や二人に食事を与えたところで、根本の問題は解決しない。本来ならば、国家レベルで対処すべき事態である。

そんなことを漠然と考えていたら、厨房の求に「ちょっと、オバサン！」と呼ばれた。

「料理できてるから、早く持ってって」

考えごとをしている暇はない。カウンターでジョッキを傾けている「タクちゃん」が、またも小馬鹿にしたような笑みを見せた。

悔しいが、冷めないうちに料理を運ばなければ。ハムカツは、外の客。オーダーはちゃんと覚えている。

開け放したままの出入り口を抜け、ホッピーケースを重ねたテーブルに皿を置く。

「百九十円です。こちらからいただきますね」

テーブルの隅には、百円玉二枚が置かれていた。ポケットから取り出した十円玉と引き換えに、それを受け取る。「タクちゃん」には舐められているが、初日よりはマシになったはずである。

「あの、すみません」

店内に戻ろうとしたら、背後から声をかけられた。振り返ると、髪を後ろで一つに束ねた女性が立っている。

見たところ、明日美より少し若そうだ。女性の一人客とは、珍しい。

「はい、いらっしゃいませ」

「あ、違うんです」

女性はなぜか、息を弾ませている。走ってきたのかと不審に思っていたら、首を横に振ってこう続けた。

「うちのアヤト、来ていませんか」

「もしかして、アヤトくんの――」

皆まで言わずとも、相手はこくりと頷いた。言われてみれば、目元が似ていなくもない。アヤトの、母親だ。

「いつもお世話になっております。それであの、アヤトは？」

縋《すが》るような眼差しで迫られて、明日美はたじろぐ。不吉な予感に、胸が騒ぎはじめた。

「まさか、まだ帰っていないんですか？」

すでに、八時を過ぎている。小学三年生が一人で出歩くには、遅い時間だ。

アヤトの母親の瞳が、涙で潤む。

他人事《ひとごと》とは思えずに、明日美の視界もわずかに揺れた。


階段下の机に肘をつき、アヤトの母親、柊《ひいらぎ》百合絵《ゆりえ》がぐったりとうなだれている。

ひかりに事情を話してひとまず中に入ってもらい、心当たりに電話をかけさせた。

アヤトと仲のいい友達の家、区立図書館、区民センター。いずれにも、アヤトはいないようだった。

「鯖《さば》の塩焼き、上がったよ」

カウンターに、料理の皿が置かれる。求が「ちょっとそのへん、捜してくる」と飛びだして行ったから、厨房はひかりのワンオペだ。「タクちゃん」まで出て行ってしまったせいで、料理の提供が遅れている。これ以上客を待たせるわけにいかないと、慌てて運んだ。

壁掛け時計に目を遣れば、長針はさらに進んで八時半。アヤトはどこに行ってしまったのか。さっきから心臓の音が鼓膜に反響して、やけにうるさい。

「ねぇ、ちょっと」

ひかりに手招きをされ、カウンターに駆け寄った。ロングラスに、ウーロン茶を注いだものが差し出される。

「これ、百合絵さんに出してあげて」

百合絵への気遣いなど、頭から抜けていた。思い出されるのはただ、行方知れずの晃斗を捜し回っていたときの、突き上げるような不安だった。

グラスを受け取った手が、小刻みに震えている。どんなに走っても大きな声で名前を呼んでも、愛《いと》しい息子を見つけることはできなかった。あのときにはもう、晃斗は足を滑らせて用水路に流されていたのだ。

まるで自分が溺れているかのように、息が苦しい。その光景を見たわけではないのに、川に流れ着いて浮かんでいる晃斗の姿が脳裏をよぎる。最期に抱きしめてあげることすらできなかった我が子の顔がちらちら揺れて、アヤトの面影と重なった。

このあたりで川といえば、一級河川荒川《あらかわ》だ。河川敷はグラウンドや公園になっており、子供たちの遊び場でもある。だだっ広く、雑草が丈高く茂っている場所もあり、子供が一人足を滑らせ水に落ちても、気づかれないかもしれない。

晃斗、ああ晃斗。お願いだから、無事でいて――。

「顔、真っ青よ。上で休んだほうがいいんじゃない？」

ひかりの呼びかけに、ハッと息を呑む。周囲の喧噪が、戻ってきた。「すみませーん」と、手を挙げている客がいる。

「はい、なに？」

ひかりが声を張り上げ、客がホッピーの「ナカ」を注文する。

「悪いけど、手が足りないからリレーして」

小ぶりのグラスに注がれた焼酎が、カウンターの客から次の客へと手渡されてゆく。その様子を眺めながら、明日美はエプロンをした胸元を握りしめて呼吸を整えた。

過去と現在とがごっちゃになって、危うく取り乱すところだった。今、行方不明になっているのは、晃斗じゃない。しっかりしろと、自分に言い聞かせる。

それよりも、百合絵だ。彼女は今まさに、当時の明日美と同じ不安に胸を掻き乱されている。きっと、必死で正気を保っている状態に違いなかった。

「もう、平気です」

気遣わしげな目を向けてくるひかりに薄く微笑《ほほえ》み返し、百合絵のもとにウーロン茶のグラスを運ぶ。明日美が近づいても百合絵はうなだれたまま動かなかったが、机にグラスを置いてやると、ようやく顔を上げた。

「これ、よかったら」

「ありがとうございます」

それでも、グラスに手を伸ばそうとはしない。喉の渇きを自覚するほどの、余裕がないのだ。

こんなときに、かける言葉が見つからない。明日美だって、周りの人たちが発する慰めの言葉など、少しも耳に入らなかった。

だから、なにも言わずに百合絵の肩を撫でる。無意識に強張《こわば》っているであろう体を、わずかでもほぐしてやりたかった。

「すみません。いつも、ご迷惑ばかりおかけして」

「迷惑なんかじゃ、ありませんよ」

この場にアヤトを受け入れたのは、明日美ではない。彼を思う人たちの気持ちを代弁して、答えた。

「でもお母さんは、一度家に戻ったほうがいいと思います。アヤトくんが、帰っているかもしれませんから」

「ああ、はい。そうですね。すみません、気がつかなくて」

椅子を鳴らし、百合絵が慌てて立ち上がる。謝り癖のある人なのかもしれない。明日美はその肩を、今度は強く摑んだ。

「それで、もしアヤトくんが戻っていなかったら、警察に相談しましょう」

アパートの部屋には固定電話を引いておらず、アヤトにもスマホの類は持たせていないという。百合絵にはいったん帰宅してもらわないと、次の対策が立てられない。

「警察、ですか」

百合絵の声は、掠《かす》れている。そんな大ごとにしていいのだろうかという、驚きと迷いが窺えた。

よく分かる。明日美だって、警察を呼ぶのはまだ早いのではないかと躊躇《ためら》い、通報が遅れた。あのとき思いきって行動していれば、用水路に落ちる前に晃斗を見つけられたかもしれなかった。

「気が引けるなら、私が通報します。ひとまず家に帰ってみて、アヤトくんがいたかどうか、ご連絡いただけますか」

そう言いながら、明日美はエプロンのポケットからスマホを取り出す。連絡先の交換を申し出ると、百合絵も「あ、はい」と自分のスマホを握り直した。

互いの番号を交換し、保存する。そのとたん、百合絵のスマホが鳴りだした。

明日美がかけたわけじゃない。ちらりと見えた着信画面には、『みっくんママ』とある。アヤトの友達の、母親だろうか。

「はい、もしもし。えっ、本当ですか！　どこに？」

狼狽《うろた》えながら電話に出た百合絵の声が、一オクターブ高くなる。強張っていた頬が、ゆっくりと持ち上がってゆくのが分かった。

「見つかったんですか？」

通話が終わってから、尋ねてみる。百合絵は「はい！」と答えつつも、複雑な表情を作った。

「団地でかくれんぼをしていて、そのまま忘れられていたみたいで――」

このあたりで団地といえば、駅向こうにあるマンモス団地だ。一つの町と言えるほどの広大な敷地に集合住宅が林立しており、近年では老朽化を理由に建て替えも進んでいる。

保育園や幼稚園、小学校まで併設されているあのエリアでかくれんぼなどしたら、容易に見つけられないはずだ。

　だからといって、見つからない友達を放置して帰るのは悪意がある。アヤトもアヤトで、頃合いを見て帰ってくればいいものを。友達を信じて、馬鹿正直に待っていたのか。

「とりあえず、迎えに行ってきます。団地に住んでる子のお母さんが、保護してくれたらしいので」

「『保護してくれた』じゃないわよ。謝りに来させなさいよ」

　店との境の暖簾を掻き分けて、ひかりがぬっと顔を出す。スマホの着信音が聞こえて、厨房から出てきたのだろう。

「でも、直接会ったことのない人たちで――」

　なんでも団地の子は、アヤトの友達の「みっくん」と仲がいいらしい。習い事を通じて知り合ったそうで、今日はそこにアヤトも交ぜてもらったようだ。小学校の学区が違うから、百合絵はその子の親たちと面識がないという。

　だったらなおさら話をしておくべきだと思うが、百合絵はいても立ってもいられないようだ。

「すみません、行ってきます」と、勢いよく頭を下げた。

　客の間を縫うようにして、通りへ駆け出してゆく。その後ろ姿を、明日美は羨望の眼差しで見送った。

彼女の向かう先には、五体満足な息子の笑顔が待っている。そう思うと、不覚にも嗚咽《おえつ》が込み上げた。

ひかりから後日聞いたところによると、子供たちが広大な敷地でかくれんぼをはじめたのは、そもそもアヤトを仲間外れにするのが目的だったという。

理由は、「アヤトくんだけ Switch 持ってないんだもん」だった。ポータブルで遊べるゲーム機だが、設定すれば複数人でも遊べる。それを皆でプレイしたところ、普段からゲームに慣れ親しんでいないアヤトは下手で、「冷める」と嫌がられてしまった。

「あいつ、撒いちゃおう」と言いだしたのは、団地の子だ。「みっくん」にとっても、いつでも遊べるアヤトより、ゲームの上手《うま》い新しい友達のほうが魅力的だったのだろう。

「途中で諦めて、家に帰ると思ったんだよ」

母親に連れられて次の日に謝りにきた「みっくん」は、不貞腐《ふてくさ》れたようにそう言った。アヤトは「本当にそうだね。ごめん」と、にっこり笑って許したそうだ。

あくる週の土曜日も、アヤトは「まねき猫」の営業時間内にひょっこりやって来た。一週間ぶりに会った彼の宿題を見てやりながら、明日美は思いきって聞いてみた。

「『みっくん』とはその後、仲良くやれてるの?」

鉛筆を握る小さな手が、ぴたりと止まる。軽く目を泳がせてから、アヤトは「まぁね」と頷いた。

このぶんだとまだ、わだかまりがありそうだ。それでも怒りを前面に押し出さず、「みっくん」とは友達づきあいを続けている。

今どきの小学生って、こんなにドライなものなのか。明日美が子供のころは、ちょっと気に入らないことがあると泣き喚《わめ》き、「絶交だ！」と言い合っていたように思う。

「悔しくないの？」

重ねて尋ねると、アヤトは「うーん」と考えたあとでこう言った。

「ゲームも買ってあげられなくてごめんねって、ママが泣くほうがつらいから」

ああ、そうか。腑《ふ》に落ちた。

自分が悔しがると、百合絵はますます胸を痛める。だからアヤトは、「みっくん」を笑顔で許したのだ。いつも謝ってばかりいる母親の、心を軽くしたい一心で。

本当は猛暑にエアコンがないとつらいだろうし、ゲームだって買ってもらいたいだろう。でも駄々をこねたところで、百合絵を苦しませるだけと分かっている。なにせ家には、お金がないのだ。

アヤト自身もまた、己の力ではどうにもできない貧困と戦っている。こんなにも、優しい方法で。

止まっていた鉛筆が、再び動きだす。漢字の書き取りの宿題だ。強い筆圧で、『自由』という字が書き連ねられてゆく。

明日美は思わず手を伸ばし、少し脂っぽいその頭を掻き回すようにして撫でた。

第三章　長くて短い夏休み

一

爽やかな風が頬を撫でる。涼しくて、肌はさらりと心地よい。大地に身を投げ出して、明日美はゆっくりと体の力を抜いてゆく。

まるで、無重力空間にいるみたい。浮遊感に包まれて、心まで解放されてゆく。

風が吹く。次第に強く、冷たく吹く。コォォォォと唸《うな》る音まで聞こえてきて、首筋にぞくりと寒気が走った。

「イッキシ！」

くしゃみと共に、目が覚めた。

木目のある天井から、蛍光灯の傘が下がっている。煙草のヤニが付着した、古めかしい照明器具だ。覚醒しきっていない頭で、ここはどこだろうと考える。

「あ、起きた？」

「わっ！」

足元でふいに声がして、飛び起きた。

折り畳み式のテーブルに肘をつき、鉛筆片手にアヤトが微笑みかけてくる。

「びっくりした。来てたなら声かけてよ」

「かけたけど、起きなかったから」

疲れているとはいえ、気配に気づかぬほど熟睡していたのか。

明日美はぶるりと身を震わせる。Tシャツから突き出る腕を撫でてみると、鳥肌が立っていた。

昨夜はエアコンのタイマーをかけて寝た。でも電源が切れたとたんに蒸し暑くて、真夜中につけ直したのは覚えている。体が冷えすぎては困るから、設定温度は二十八度だったはず。それにしては、寒すぎる。

「わっ、二十一度になってる」

リモコンを手元に引き寄せ、驚いた。間違っても自分では設定しない温度である。

「だから、エアコン下げていい、って聞いたのに」

「無理無理、寒すぎ。オバサンの冷えやすさ舐めるんじゃないよ」

ピピピピと、設定温度を上げてゆく。断熱効果の薄い木造の一軒家は、エアコンの効きも悪い。それでも明日美の体には、二十八度で充分だ。

「座っていて汗ばまないくらいの温度でいいのよ、こういうのは」

そう言って、布団の上にリモコンを放り出す。「まねき猫」の二階の、六畳間である。

明日美は胡坐《あぐら》のままうんと伸びをして、アヤトに向かって身を乗り出した。

「なに、絵でも描いてるの？」

テーブルの上には、四つ切りの画用紙が広げられている。夏休みの宿題には、絵画もあるんだったか。

「まだ真っ白じゃない」

「うん。なにを描こうか悩んでて」

「テーマはあるの？」

「えっと、夏休みの思い出」

「ああ」

鉛筆を利き手に握ったまま、アヤトが絵を描きあぐねているわけが分かった。夏休みといっても、どこに出かけるわけでもない。すでにお盆も過ぎたというのに、彼の肌は白かった。

かくれんぼで仲間外れにされて以来、「みっくん」と遊ぶ機会も減ったようだ。必然的に、「まねき猫」で過ごす時間が長くなっている。

これ以上、彼の居場所を奪っちゃいけない——そう思ったから、勝手口の鍵は従来通り開けっ放しにしておくと決めた。防犯上のリスクは、誰かが家にいることで減らせる。つまり、明日美がいればいいのである。

どのみち笹塚のアパートと「まねき猫」、二つの拠点を行き来するのは体力的にしんどいと思っていた。土曜の夜だけと言わずここに住んでしまえば、負担はかなり軽減する。

ついでに週に一日は完全休日を作りたくて、「まねき猫」の定休日である火曜をそれと定めた。比較的シフトの融通が利く、コールセンター勤務の利点である。土日は「まねき猫」で働き、火曜以外の平日は会社に出勤するという、新たなローテーションにも慣れてきた。

「動物園にでも、行ってみる？」

ぴくりとも動かない鉛筆の先を眺めながら、尋ねてみる。アヤトは不思議そうに首を傾げた。

「なんで、動物園？」

「さぁ、なんとなく」

「変なの」

そう言って、アヤトはくすぐったそうに笑った。

我ながら、ほだされていると思う。「まねき猫」を手伝うのも、半ば強制されてのこと。嫌々だったはずなのに、進んで二階に暮らしはじめるなんて。

笹塚のアパートを解約していないのが、せめてもの抵抗ではあるけれど。お金がもったいないし、どうしたものかと迷っている。

「他の宿題は？」

「もう全部終わっちゃった」

ならあとは、絵画を残すのみ。ダブルワークをしている母親の百合絵には、時間的にも金銭的にも余裕がない。どこか近場で楽しめるところはないだろうかと、明日美はスマホを手に取った。

「えっ、九時？」

ホーム画面の表示を見たとたん、声が裏返る。まさか、アラームをかけ忘れて寝てしまったのか。

「大変！」

明日美は膝にかかっていたタオルケットを蹴り上げて、立ち上がった。


コールセンターのシフトは、午前十一時から。九時起きでも遅刻をすることはないが、今日は違う。休日と定めた火曜日で、しかも時次郎の転院日だ。

急性期病院から、回復期リハビリテーション病院へ。つまり病状が落ち着き、命の危険は去ったと判断されたのだろう。

リハビリをしても、左半身の痺れが取れることはないと言われている。あとは、脳機能がどこまで戻るか。口からものが食べられなければ、胃ろうをすすめられるかもしれない。

ともあれそれは、転院してからのこと。迎えの車は、十時には来るという。その前に退院の手続きがあり、二十分前には来院するよう言われていたのに。

「なんで、目覚ましかけ忘れるかなぁ」

おざなりに顔を洗い、化粧水を叩き込む。着替えを済ませて階下に向かうと、アヤトはすでにリュックを傍らに置き、ホッピーケースの上にちょこんと座っていた。

「ごめん。おばちゃん出かけるけど、アヤトくんどうする?」

「じゃあ、図書館にでも行こうかな」

「お昼は?」

尋ねると、アヤトはリュックから三割引きのシールが貼られたメロンパンの袋を取り出した。

それだけじゃ、いかにも物足りない。明日美は時計を睨《にら》みつつ、厨房に入る。

「ちょっと待って、簡単なもの作るから」

ぐずぐずしていると間に合わないが、アヤトの胃袋を放っておけない。タクシーを捕まえればいいと割り切って、業務用の冷蔵庫を開ける。

さて、どうしたものか。外気温が高いから、生ものを持たせるわけにはいかないし——。

「あ、そうだ」

ふと思いつき、明日美は大振りの保存容器を手に取った。

中身は甘辛く煮た油揚げだ。「ちょっと時間が経っちゃってるけど、よかったら食べて」とひかりに言われていた。

稲荷ずしならすぐできそうだ。でも、肝心のご飯が炊けていない。そんなときはあれだと、冷凍庫の引き出しに手をかける。

休みの日に手軽に食べられるよう、冷凍チャーハンを買ってあった。これをチンして、詰めてしまおう。

髪を振り乱しながら、作業にかかる。必死に手を動かしていたら、思いのほかたくさんできた。

アヤト用に四つ取り分けて保存容器に詰め、あとはお皿にラップをかけて冷蔵庫に入れておく。洗い物は——帰ってからでいいか。

諦めをつけて、手を洗う。そろそろタイムリミットだ。

「はい、これ持ってって。一緒に出よう」

保冷剤と共に保存容器をハンカチに包み、アヤトのリュックに入れてやった。ついでにカウンターに置いてある、自分のバッグの中身も検《あらた》める。

印鑑に、時次郎の健康保険証と各種身分証。入院費用はクレジットカードで支払えるはずだから、まとまった現金はなくても大丈夫。

よし、行こう——と顔を上げたのと、店舗のシャッターがカタカタと揺れ、外から開けられるのが同時だった。

「えっ！」

明日美は目を見開く。ガラス戸越しに、見慣れた顔が並んでいた。

ガラス戸の向こうにいる顔ぶれは、求とひかり。それから「タクちゃん」に、「宮さん」まで。四人揃って、なにごとだろう。

ひかりが手にした鍵で、入り口の戸を開けようとしている。その前に、内側から開けてやった。

「皆さんお揃いで、どうしたんですか」

お馴染みの面々が、ぞろぞろと入ってくる。「タクちゃん」などは、ご大層にも花束まで抱えている。

「どうしたもこうしたも、時ちゃんの退院日だろ」

「退院じゃなくて、転院です」

誤りを正してやると、「タクちゃん」は「分かってるよ」と唇を尖らせた。

「なんにせよ、快方に向かってるってことだ。ひと言、『おめでとう』と言ってやりたくて——」

「こんなに大勢、連れて行けませんよ」

流行病も下火になってきたとはいえ、病院側は慎重だ。面会時の規定と同じく、転院のつき添いは家族二名までとされている。転院先の病院でも、面会はやはり制限つきだ。

「だから、分かってるってばよ」

話の腰を折られ、「タクちゃん」が顔をしかめる。花束をカウンターに置き、なにか小さな板状のものを握る仕草をした。

「動画、撮ってくれよ。ビデオレターってやつだ」

急いでいるときに、面倒な。そう思ったのが顔に出たのか、ひかりが詫びてきた。

「ごめんなさいね。タクちゃんってば、今朝になって思いついたらしくて」

それで皆を招集したのか。わざわざ、ご苦労なことである。

「でも、もう行かなきゃいけなくて」

「動画くらい、一分もありゃ撮れるだろ。アヤ坊、来いよ。お前も入れ」

求がアヤトを手招きし、抱き寄せる。カウンターの前に、五人が並んだ。

しょうがない。動画を撮る、撮らないで揉めていても、時間を食うだけだ。諦めて、明日美はバッグからスマホを取り出した。

いつの間にかスマホには、『今から行くね』とひかりからのメッセージが届いていた。バタバタしていて、気づかなかった。

「なんて言やぁいいの。声揃える？」

「宮さん」が「タクちゃん」に囁きかけ、なにやら打ち合わせをしている。明日美は問答無用でスマホを向けた。

「撮りますよ、はい」

「わっ、ちょっと待った！」

ぐだぐだなスタートだが、すでに撮影ははじまっている。「タクちゃん」が「せーの！」と音頭を取った。

「時ちゃん」「時さん」と、呼称が分かれた。足並みがまったく揃っていない。

「待て待て、『時さん』にしよう。なっ。せーの！」

気を取り直して、もう一度。

「時さん、転院おめでとう。早くよくなって、帰ってきてね」

やっぱり声が、揃わない。アヤトがキャハッと高い声で笑いだす。

「ちょっと、タクちゃんだけ退院って言ったでしょ」

「えっ、そうだっけか。じゃあもう一回」

「いいと思います。これも味です」

強引に、撮影を切り上げる。もう一度撮っても、それほどクオリティが上がるとは思えなかった。

「それじゃあ、行きますね。鍵、お願いしていいですか」

「はい、行ってらっしゃい。時さんによろしくね」

「ああ、待て待て。これも持ってってってくれよ」

「タクちゃん」が、花束を押しつけてくる。ひまわりをメインにした、夏らしいアレンジである。

時次郎の回復が、そんなに嬉しいのか。明らかに、浮かれている。

「すみません、お気持ちだけで。お見舞いに生花はＮＧなので」

「ええっ、そうなの？」

いつからそうなったのか明日美にも分からないが、衛生面の問題とやらで、多くの病院では生花の持ち込みが禁止されている。

目を剝いて驚く「タクちゃん」の肩に、「宮さん」が手を置いた。

「な、だから言ったろ。今どきの病院はそうなんだって」

「宮さん」の制止の声も聞こえないほど、舞い上がっていたのだろう。「タクちゃん」は花束を胸に抱え、しょんぼりとうなだれた。

二

病院の受付にたどり着いたのは、指定された時刻を十分もまわってからだった。

「すみません、遅くなりました！」

謝りながら、差し出された書類に必要事項を書き込んでゆく。それと引き換えに、転院先に提出すべき封筒や、検査結果の画像データが入っているＣＤ-Ｒを受け取った。

「あちらに自動精算機がございますので、入院費用はそちらでお支払いください」

案内どおり、精算機に診察券を通してみる。提示された金額に、つかの間意識が遠のいた。

限度額適用認定証を提示しているから、ひと月の支払額は自己負担限度額までなのだが、時次郎の所得区分は現役世代並みだ。しかもオムツ代などは、また別にかかる。請求金額は、明日美の月収の半分を超えていた。

さらに困ったことに、時次郎の預金口座の、暗証番号が分からない。年金などもそこに振り込まれているようだが、引き出しようがないのである。銀行の窓口に問い合わせてみたら、たとえ血縁者であっても成年後見人でなければ口座の管理は任せられないと突っぱねられてしまった。

痛い出費に心の中で泣きながら、明日美は精算機にクレジットカードを差し込む。時次郎には、この先まだまだお金がかかる。実に悩ましい問題だった。

「篠崎さんですか」

支払明細書を睨みながら立ち尽くしていたら、病院スタッフに声をかけられた。手にしていた書類を慌ててバッグに突っ込んで、「はい」と頷く。

「介護タクシーが東玄関に横づけされますので、そちらでお待ちください」

「かしこまりました」

フロアマップで確認して、東玄関とやらへ向かう。正面玄関と違い人の出入りが少なくて、心なしか薄暗い。外に出てしまうと暑いので自動ドアの手前で待機していると、ストレッチャーのキャスターの音が聞こえてきた。

近づいてくるスタッフに向かって、軽く会釈をする。大柄の時次郎にはサイズが合っていないらしく、ストレッチャーから足がはみ出ている。

時次郎は、ぼんやりと目を開けていた。自分の置かれた状況が理解できていないらしく、眼球をきょろきょろと動かしている。転院の必要があることは前もって伝えておいたのだが、理解できなかったのだろう。

その目がはたと止まり、明日美を捉えた。何度も面会を重ねたから、知っている。時次郎は明日美のことを、娘と認識していない。

会っていなかった十年分、明日美が老けたせいかもしれない。娘がいることは覚えているようだが、目の前にいる明日美と結びつけることができずにいる。

「あうあ！」

依然として、呂律は回らないままだ。「アンタ！」と、呼びかけたのだろうか。

時次郎は明日美のことを、どうやらヘルパーかなにかだと思っている。週に一度洗濯物の受け渡しに行っていたから、顔は覚えているのだ。

「みう、うえ！　あああ、みう！」

桁外れに大きな声で、訴えてくる。

「はい、大丈夫ですよ。落ち着いてくださいね」

ストレッチャーを取り囲むスタッフに宥《なだ》められても、声が止《や》むことはない。

「あ、介護タクシー来てますね。ご家族様はどうなさいます？」

「あとからタクシーで追いかけます」

「かしこまりました。では、お大事に」

ストレッチャーが、自動ドアを抜けてゆく。介護タクシーへと移される間も、時次郎は「みう、うえ！」と喚いている。

慣れていなければ、なんと言っているか聞き取れない。でも、明日美には分かる。面会に訪れるたび、しつこく同じ要求をされてきた。

時次郎は、「水、くれ！」と言っているのだ。


転院先での検査を終えて、時次郎は六人部屋の窓側に落ち着いた。

そこでも時次郎は、明日美に向かってしきりに「みう、みう！」と叫んでいた。嚥下《えんげ》能力が衰えているから、水分や栄養は経鼻チューブから流し込まれている。生命を維持するにはそれで問題ないのだろうが、経口で摂取していないとやはり、口や喉が渇くのだろう。水をくれと、切実に訴えてくる。

「周りの迷惑になるから、静かにして。お水は飲めないの」

「あのう、みう！」

「駄目だってば」

「おに！」

単純な発音だから、「鬼」だけははっきり聞こえた。詰られても、勝手なことはできない。

「らいて、もういい、らいて！」

次の要求がきた。「出して」だ。ここから出してくれと言っている。

「できるわけないでしょう。自分で動けないし、ご飯も食べられないんだよ」

「らいてよぉぉぉ！」

時次郎は何度でも、同じ言葉を繰り返す。明日美の顔を見ると、「水くれ」と「出して」しか言わない。

可哀想《かわいそう》だとは思うけど、他に言うべきことはないのか。時次郎が倒れて、明日美の生活は一変した。「宮さん」への借金があるからと「まねき猫」の存続を余儀なくされたり、貧困家庭の子供の面倒を見たり、度重なる出費に悩まされたり。お金だけでなく、時間も手間もかかっている。

せめて「面倒をかけてすまない」のひと言でもあれば、少しは救われるだろうに。娘と認識されないばかりか、「鬼！」とまで言われては、こっちだって遣りきれない。

「らいて、らいて、みう！」

受け答えをしても、無駄なこと。明日美がいるかぎり、一方的な要求が続く。周りの迷惑を鑑みて、今日のところはもう帰ることにした。

新しい病院は、赤羽駅までバスを使うことになる。たまたま空いていた席に座り、明日美は大きく息をついた。

出血によって侵されてしまった時次郎の脳は、この先どれほど回復するのだろう。新しい病院の担当医は、「脳細胞が、どの程度生き残っているかによりますね」と話していた。それによって、リハビリの効果も変わる。言語や記憶が、どのくらい戻ってくるのか。今のままでは、会うたびに疲れてしまう。

もう一度息をついて、明日美はスマホを手に取った。そういえば、ビデオレターのことを忘れていた。

あれを見せたところで、時次郎には理解できないだろう。意識を取り戻した際に「夏休み」と呟いたっきり、「まねき猫」のことは忘れてしまったのか、なにも言わない。口を開けば、「水くれ」「出して」の繰り返しだ。

面会ができないせいで、「タクちゃん」たちは時次郎の現状を知らない。ショックを受けるだろうから、明日美もあえて伝えていない。彼らは無邪気に、時次郎の回復を喜んでいる。

どんなに期待したって、もう元のようには戻らないのに——。

回復期リハビリテーション病院の入院期間は、百五十日まで。高次脳機能障害と診断されれば、それが百八十日まで延びる。五ヵ月後か、六ヵ月後までには、次の受け入れ先を見つけなければいけない。

「前の病院の担当者様から、退院後は施設への入居をお考えと伺っております。間違いありませんか？」

先ほど転院の手続きを手伝ってくれた病院のスタッフから、確認された。明日美はやっぱり、「在宅は難しいです」と答えた。

後日、今の病院の地域連携室から連絡がくるそうだ。

スマホで試しに、近場の介護施設を検索してみる。特養と呼ばれる特別養護老人ホームと、介護付き有料老人ホームの違いがまだよく分かっていない。どうやら前者が公的施設で、後者が民間施設のようだ。費用は当然、民間の介護付き有料老人ホームが高い。でも比較的料金が安い特養は、待機者数も多いと聞く。手ごろな施設が、すんなりと見つかるだろうか。

考えれば考えるほど、頭が痛い。側頭部を手で押さえると、髪の毛が脂っぽかった。寝坊をしたせいで、そういえばお風呂に入りそびれていた。

「まねき猫」の居住部には、風呂がない。

自転車で通える範囲に銭湯はいくつかあるが、営業が昼の遅い時間からだ。しかも夜は、「まねき猫」を閉めてからでは間に合わない。

ならばと明日美は、駅前のフィットネスジムに入会した。そこならジャグジーを備えたお風呂だけでなく、サウナまであり、六十分コースなら月額五千四百円と割安だ。

東京都の銭湯の入浴料金はじわじわと値上がりして、大人が五百五十円。月額で考えると、それよりうんと安くつく。

赤羽駅でバスを降り、明日美はそのままジムへと向かった。タオルはレンタルがあるし、シャンプーや化粧水などのアメニティも充実している。会員証さえあれば、手ぶらで行ってもなんら困ることはない。

広い湯船に手足を伸ばし、サウナで軽く汗をかいたら、幾分気持ちがさっぱりした。ついでに、お腹も減ってきた。

起きてから、なにも食べてないもんね。

それでも空腹を感じなかったから、よっぽど気を張っていたのだろう。なにか、食べてから帰ろうか。

いいや、ここは節約だ。「まねき猫」に帰れば、作り置きの稲荷ずしがある。あとは賞味期限の怪しいものを、胃袋に収めて処分してしまおう。

短い髪をドライヤーでさっと乾かし、女性用の更衣室を出る。入館から、四十五分。トレーニングはしていないが、妙な充実感がある。

受付のカードリーダーに、会員証を通す。人の気配がして顔を上げると、スポーツバッグを肩に掛けた若い男が、更衣室のある地下から階段を上がってくるところだった。

「あっ」と、互いの声が被る。相手は求だ。

「帰ってきてたんだ。風呂？」

「そう。入りそびれてたから」

このフィットネスジムに六十分コースがあることは、求から教わった。なんと彼の、元職場である。トレーナーとして勤務していたのを辞めて、「まねき猫」の従業員になったのだ。

急ではあったが、代わりのスタッフを見つけて引き継ぎをし、円満に退職したようだ。今でも時間さえあればこの古巣で、トレーニングに勤《いそ》しんでいる。週六で働いているくせに、よくそんな体力が残っているものだと感心する。

「たまには筋トレでもすれば？」

にやにやと笑いながら、求もカードリーダーに会員証を通す。Tシャツに、短パン姿。いつもより二の腕やふくらはぎが、充実しているようである。

「六十分だと、そんな時間ないでしょう」

「言い訳だな。トレ三十分、風呂三十分やってみなって」

「嫌よ。ただでさえ疲れてるのに」

週六で働いているのは、明日美も同じ。そのうち四日はデスクワークだけど、疲れるものは疲れる。休みの日もこうやって、時次郎関係の用事に振り回されている。

「お疲れ様です」と笑顔で挨拶してくるスタッフに会釈を返し、明日美はジムを後にする。求は駅の反対側に住んでいるそうだが、あたりまえのようについてきた。

「時さん、どうだった？」

「無事に転院できたよ」

「退院は、いつになりそう？」

「そんなのまだ分からないよ」

質問が鬱陶しい。せっかくひとっ風呂浴びてさっぱりしたのに、苛立ちが腹の底に、澱《おり》のように溜まってゆく。

「でも、準備は必要だろ」

「なによ、準備って」

「ほら、介護ベッドとか」

こめかみが、カッと熱くなった。

求は前にも、明日美が時次郎の介護をするものと決めつける発言をした。あまりにも、彼の病状を甘く見ている。半身不随な上に、まともなコミュニケーションが取れないのだ。あの人が家にいて、四六時中喚き散らされたら、明日美にはもう逃げ場がない。

想像しただけで、壁際に追い詰められたような気持ちになった。明日美はぴたりと歩みを止める。

求が「どうした?」と振り返る。その顔をまっすぐに見上げ、きっぱりと言いきった。

「さっき、転院先のスタッフさんにも言ってきた。在宅介護は、無理だって」

自転車のおばさんがチリンチリンとベルを鳴らしながら、すぐ脇を通り抜けてゆく。駅前広場では政治団体かなにかがスピーチを行っているらしく、マイク越しの音声が風にのって流れてきた。

「皆さん、許せますか。こんなことが許されていいと思いますか!」

その声に呼応するように、求が「はぁ?」と顔をしかめた。

「信じられねぇ。じゃあなにか、時さんはもう一生、家に帰れないのかよ」

「しょうがないでしょ。介護の素人には荷が重いよ」

「そんなの、少しずつ勉強して慣れてきゃいいだろ」

「誰がやるの、私が？　冗談じゃないわよ」

求と言い合いをしながら、繁華街の通りを抜けてゆく。左右に並ぶ居酒屋は、今日も昼間から賑わっている。下手をすれば親子に見える二人の喧嘩になど、誰も関心を示さない。それをいいことに、ヒートアップしてゆく。

「なんでそんな冷たいことが言えるんだ。本当に時さんの娘かよ」

「知ったこっちゃないよ。アンタこそ自分の親の番がきたら、それはもう手厚く介護してあげるんでしょうね！」

感情に任せて言い返し、足早に歩いてゆく。売り言葉に買い言葉で、求からの応酬が当然あるものと身構える。

でもなにか、手応えがおかしかった。相手に当てるつもりで繰り出したパンチが、空を切ったような感覚だ。振り返ってみると、求が呆然《ぼうぜん》と立ち尽くしていた。

さっきまで顔を真っ赤にして怒っていたのに、一転して蒼白《そうはく》になっている。この僅かな間に、いったいなにがあったのか。空を切ったかに思えた明日美のパンチが、案外急所を突いたのかもしれなかった。

「ちょっとなに、どうしたのよ」

沸騰寸前だった明日美の頭も、冷えてゆく。

求は筋肉質な大人の男だ。それなのに、行く先を見失った迷子のように見えてくる。

「なんでもない」

「そんなわけないでしょう」

散々人の家庭のことに、口出しをしておいて。自分の親の話は、地雷なのか。

「帰る」

短く告げて、求がくるりと踵《きびす》を返す。広くてたくましいはずの背中が、なんとも頼りない。

呼び止めることは、しなかった。遠ざかってゆく後ろ姿を、明日美はぼんやりと見送った。

三

「チャーハン稲荷一つ！」

「じゃあこっちも、チャーハン稲荷二つで！」

午後八時四十分。コールセンターの仕事を終えて「まねき猫」に帰ってくると、店内には耳慣れない注文が飛び交っていた。

「あ、明日美さん。お帰りなさい」

立ち飲みの客の間を縫ってビールを運んでいた京也が、照れたような笑みを見せる。

求がアルバイトとして呼び寄せた大学生だ。平日夜の、ホール係である。昼はやはり求が呼び寄せた、パチンコ屋勤務の安里がダブルワークで頑張っている。

ハイトーンのマッシュヘアという派手な髪型をしているわりに、京也はシャイだ。厨房にオーダーを通す声も小さくて、「なんだって?」と聞き返されている。

「チャーハン稲荷、一つと二つだってよ。ついでに俺にもおくれ」

カウンターで焼酎を飲んでいた「タクちゃん」が、間に入った。ハンドサインつきで、こなれた様子だ。明日美に気づき、「おう」とその手を振った。

「本当に、メニューに加えちゃったんですね」

「ああ、意外と人気だぜ」

ひかりが小皿に稲荷ずしを二個盛り、差し出してくる。「タクちゃん」はそれを受け取ると、カウンターに置くより先に片方を頰張った。

「うん、これこれ。甘辛く煮た油揚げの中に、コショウをちょっぴり利かせたチャーハン。合ってんだか合ってねぇんだか、でも妙に癖になるんだよなぁ。料理上手なひかりちゃんじゃ、これは考えつかねぇよ」

遠回しに、馬鹿にされている。どうせ明日美は、料理が下手だ。

アヤトに持たせるために、大急ぎで作ったチャーハン稲荷。外出から帰ってみると、多めに作っておいた分が「タクちゃん」に食べられていた。勝手に冷蔵庫を漁《あさ》るなよと思ったが、「なんだこれ、旨《うめ》ぇじゃねぇか!」と絶賛されて、怒るに怒れなかった。

間に合わせで作ったものを、そんなに気に入ってもらえるとは。「タクちゃん」はさっそくひかりに、「店でも出してくれよ」と懇願していた。

そもそもひかりが味付けをした油揚げに、冷凍チャーハンをチンして詰めただけ。再現するのは簡単で、昨日の今日でメニューに加えられた。よく見れば壁の数ヵ所に、『新登場　チャーハン稲荷！』という手書きの短冊が貼られている。

「お帰りなさい。晩ご飯どうする？」

焼き鳥をひっくり返しながら、ひかりがカウンター越しに聞いてくる。「まねき猫」に寝起きするようになってから、夕飯の心配をしなくてもよくなったのはありがたい。

「じゃあ私にも、チャーハン稲荷を。あと鯖の塩焼きと、汁物代わりに肉豆腐もらえます？」

メニューはもう、頭の中に入っている。組み合わせによっては、定食にすることも可能だ。でもあまり面倒な注文をすると、求に「忙しいんだよ！」と叱られる。

グリルでじっくり焼かねばならない鯖の塩焼きは、「面倒な注文」の部類に入る。それなのに求はなにも言わず、冷蔵庫から鯖が入っているトレイを取り出した。

文句を言われないに越したことはないのに、沈黙が気まずい。昨日、路上で言い合いをして別れたっきり、求とは顔を合わせていなかった。

鯖が焼けるのを待つ間に、二階の洗面台で手を洗う。夜になっても気温はあまり下がらず、首元が汗でべたついていた。こういうとき家に風呂やシャワーがないのは不便だ。汗拭きシートで体中をざっと拭ってから、着替えを済ませる。

階段を下りて、再び酔客たちの喧噪の中へ。食器の持ち運びが面倒だから、食事はいつも階段下の机で食べている。

「明日美さん、できてるよ」

「はい、ありがとうございます」

ひかりに呼ばれ、カウンターに向かった。求が料理の載ったトレイを、無言で差し出してくる。明日美とは、目を合わせようともしなかった。

なんだっていうのよ——。

もしやまだ、怒っているのだろうか。でも昨日の去り際の表情は、むしろ戸惑っているように見えた。

求のことは、いつもひと言多くてうるさい子だと思っている。そのぶん黙り込まれると、なにを考えているんだろうと気が揉めた。

今ここで、問い詰めるわけにもいかない。店は営業中で、注文は次々に入ってくる。明日美もまた、黙ってトレイを受け取った。

カウンターの箸立てから割り箸を抜き取って、階段下の席に落ち着く。湯気の上がる皿を前にすると、急にお腹が空いてきた。「いただきます」と手を合わせ、まずは肉豆腐の汁を啜る。

汁物代わりにするにはやや濃いめの味付けだが、汗をかいた後の塩分補給には最適だ。薄切りにしたタマネギが入っているため、ほんのり甘みを感じられるのもいい。豆腐にも、しっかりと味が染みている。

鯖に箸を入れると皮がぱりっと弾け、脂がじわりと滲み出る。焼き具合がいいのか、身がほくほくしている。塩加減も絶妙だ。

さていよいよ、チャーハン稲荷。ひと口齧り、明日美は「おっ！」と目を見開いた。中身のチャーハンは、おそらく冷凍食品じゃない。ひかりが作ったものだろう。卵がふんわりしていて、胡麻が混ぜ込まれている。

油揚げの甘辛さに、黒コショウの辛味、それから胡麻の香ばしさが、一見アンバランスな組み合わせを繋いでまとめている。昨日のチャーハン稲荷は「タクちゃん」に食べられてしまって明日美の口には入らなかったが、きっとこちらのほうが美味しいだろう。

普通の稲荷ずしと比べて、パンチのある味わいだ。これはお酒にも合うに違いない。

「明日美さん、飲み物はいらないんですか？」

仕切りの暖簾を掻き分けて、京也が顔を覗かせる。

明日美は決して、アルコールに強いわけではない。晩酌なんて、一人ではめったにしないのだけれど——。

「レモンサワー、薄めで」

迷った末に、頼んでしまった。

閉店と同時に、アルバイトの京也は帰ってゆく。だからその後の掃除は、明日美も手伝う。

床は今日も、ゴミだらけ。灰皿を置いてほしいと要望を出したものの、「スペースがない」と、ひかりや「タクちゃん」に一蹴された。

各テーブルは小さく、カウンターも満員のときは隣の客と肩が触れ合う距離だ。灰皿があると、そのぶん料理やドリンクが置けなくなってしまう。

ならばせめてと、柄の長い箒を新調した。お陰で無理な体勢を取らずに済み、腰への負担は軽減された。

明日美が掃いた床に求が水を撒き、デッキブラシで擦ってゆく。やはりこちらを、まともに見ようとはしない。掃除を終えると求はさっさとエプロンを脱ぎ、「お疲れっしたー！」と帰ってしまった。

すでに、十一時半を過ぎている。瞼が重たくなってきたが、今夜はまだやるべきことがある。

「明日美さん、今から大丈夫？」

「はい、お願いします」

頷いて、明日美はカウンターに寄りかかっているひかりに近づいていった。

「おお、すごい。これは便利！」

スマホを手にしたまま、高い声を上げてはしゃいでしまった。

カウンターの上には、本日の日付の領収証。八百屋と魚屋からの、仕入れ分だ。

「でしょ？　今どき帳簿付けなんて、会計ソフトに任せちゃえばいいのよ」

ひかりもまた、したり顔。おもむろに煙草を咥え、火をつけた。

時次郎の入院費用を賄うためにも、店の収支は把握しておきたい。ひかりにそう申し出たのが、昨日のこと。相談の末、今後は明日美が経理を担当することになった。

とはいえこれまでの人生で、確定申告など一度もしたことがない。商業高校を出ていれば簿記の心得もあったはずだが、明日美は普通科卒だ。ためしにネットで『複式簿記』と検索してみると、見慣れない言葉がずらずらと並んでおり、頭が混乱しそうになった。

しまった、これは手強《てごわ》そうだ。帳簿付けのいろはから、ひかりに教わる必要がある。少しずつ地道に覚えてゆかねばと、覚悟していた。

それなのに、ひかりから引き継いだクラウド会計ソフトの手軽さときたら。領収書やレシートをスマホで撮影するだけで自動的に仕分けが行われ、現金出納帳が作成できる。写真情報から金額や勘定科目を推測してくれるそうで、わざわざ手で打ち込む必要がないのだ。

「念のため、勘定科目と金額は確認してね」

ひかりの指示に従って誤りがないことを画面上で確認し、仮登録ボタンを押す。後ほどパソコン上で本登録をすれば、帳簿に反映されるというわけだ。

「預金出納帳は通帳の明細をネット経由で取り込めるから、これも簡単。この二つの情報を元にして、総勘定元帳も損益計算書も貸借対照表も、自動で作成してくれるのよ。ホント、いい時代になったわ」
出た、耳慣れない言葉の羅列。理解は追いついていないけど、会計ソフトのお陰で覚悟していたほど煩雑な作業はなさそうだ。技術革新《イノベーション》とやらに感謝である。

「ありがとうございます。これなら私にもできそうです」

「よかった、こっちも肩の荷が下りるわ。時さんがあまりに適当だから帳簿を預かることにしたけど、実は私も得意じゃないの」

思えば一従業員にすぎないひかりに、ずいぶんな負担を強いていた。調理担当の週六勤務、開店及び閉店作業に掃除、その上さらに経理まで。非常事態とはいえ、愚痴も零さずよくやってくれたものだ。

「すみません、ブラックな働きかたをさせてしまって」

「それはべつに。時さんが元気だったころから、こんなものよ」

「甘えすぎですね」

「いいのよ。恩があるもの」

またもや「恩」だ。時次郎に関わった人間は、頻繁にそれを口にする。

「差し支えなければ、聞かせてもらっていいですか？」

「堅苦しいわねぇ」

ひかりはふふっと笑うと、吸いかけの煙草を足元に落としてサンダルで踏みつけた。掃除をしたばかりなのに、綺麗になった床をいつも一番に汚す。まるで先陣を切るのは自分だと、決めているかのように。

「私ね、長いことスナックやってたの。タクちゃんや宮さんは常連だったし、時さんもこの営業終わりによく来てた。突き出しなんかけっこう凝ってて、評判よかったのよ」

そう言いながら、ひかりは新しい煙草に火をつける。よく見ると髪の生え際に、ちらほらと白髪が覗いていた。

「でもコロナがはじまって、一回目の緊急事態宣言とそれに続く自粛でもう、もたなかった。これ以上続けても借財が嵩むだけだし、どうしようかと悩んでたら、時さんが『よかったらうちに来いよ』と誘ってくれたの。調理担当の人が田舎《いなか》に帰ることになって、困ってたみたいでね。そう言ってくれたお陰で私、長年やってきた店への未練をすっぱりと断ち切れたのよ」

歳に似合わぬ派手さも妙な貫禄も、言われてみれば、ひかりはたしかにスナックのママ然としている。煙草を挟み持つ手指の節には、しっかりと年輪が刻まれていた。

「飲食店はどこも大変な時期だったけどね。『まねき猫』はまだ昼の営業があるから、定食を出してどうにか乗り切ったわ。宮さんにも助けてもらえたしね」

コロナ禍における緊急事態宣言とまん延防止等重点措置により、飲食店の営業時間が短縮され、酒類の提供が禁止、あるいは制限されたことは、まだ記憶に新しい。困難に陥った経営者に向けて各種補助金、助成金の制度が設けられたものの、それでもひかりのように、継続を諦めてしまった店主も多いはずだ。

赤羽という狭いこのエリアの中だけでも、いったいどれだけの店が消えていったのだろう。その数字の中にそれぞれの人生と、苦悩があるに違いなかった。

「あと四年ほど頑張れば年金が入りはじめるから、倉庫内の軽作業とかで食い繋いでもよかったんだけどね。やっぱり私、賑やかに店をやるのが好きみたい。スナックを閉めてすぐ『まねき猫』の資金繰りに悩まされたりして、感傷的になる暇もなかったわ。だから本当にね、時さんには感謝してるの」

思いがけず、ひかりの年齢を知ってしまった。

「あと十年はスナックで頑張るつもりだったのに、コロナのせいで計画丸つぶれよ」と、笑っている。彼女が苦しんでいたときに、手を差し伸べたのが時次郎だったのだ。

「すみません。私、はじめはひかりさんのこと、父の恋人だと思ってました」

「私が？　まさか」

ひかりが口元を歪《ゆが》め、苦笑を洩らす。

今ではもう、分かっている。ひかりは「まねき猫」のことならなんでも知っているが、プライベートスペースである二階には一切立ち入ろうとしない。時次郎名義の通帳や年金手帳の在り処《あか》も知らなくて、明日美が汚部屋から発掘しなければならなかった。

「第一印象ですよ。父の歴代の彼女と、雰囲気が似ていたんです」

「ああ、時さんも若いころは、ずいぶん遊んでたらしいもんね。それは、苦労したわね」

「そうですね。女同士の争いに巻き込まれて、怪我をしたこともあります。ほら、額に痕が」

「女の子の顔になんてこと！　あの人、父親としては最低ね」

時次郎を父に持った苦労を、労《ねぎら》われたのははじめてだった。単純だけど、ただそれだけで救われたような気分になる。時次郎をよく知る誰かから、「大変だったね」と共感してもらいたかったのかもしれない。

「求くんがいたら、『時さんが最低なわけない』って怒りそうですね」

「でしょうね」

先端が真っ赤になるほど煙草を深く吸い込んで、ひかりがふうと息を吐く。それからおもむろに、尋ねてきた。

「求と、なにかあった？」

彼の態度がおかしかったことに、ひかりも気づいていたらしい。明日美が帰宅するより前から、ぼんやりしていることが多かったという。

「実は――」と、明日美は昨日の諍《いさか》いの顚末《てんまつ》を明かす。

時次郎の介護を巡って、揉めたこと。売り言葉に買い言葉で、自分の親の介護はそれはもう手厚くしてあげるんでしょうねと口走ったこと。そのとたんに求の様子がおかしくなって、帰ってしまったこと。

「なるほどねぇ」

すべて聞き終えるとひかりは口をへの字にして、二本目の煙草も踏みつぶした。

求の態度が急変したわけに、心当たりがありそうだ。その必要もないのに明日美は思わず、声をひそめてしまう。

「私、なにかまずいこと言っちゃいましたか？」

「そうねぇ。あの子もまぁ、親子関係がなかなか複雑でね。そのせいで時さんのことを、必要以上に妄信しちゃってんだと思う」

詳しくは私の口から言えないけどねと、ひかりは首をすくめてみせた。

個人情報は、勝手に明かせないということだ。そういう人のほうが、信頼できる。

「充分です。やっぱり、親の話題はＮＧだったんですね」

地雷がどこにあるのか分かっていれば、踏まずにやり過ごすことができる。もっと詳しく知りたいと思うのは、無責任な好奇心だ。ぐっとこらえて、頷いた。

「そんなに気にしなくってていいわよ。個人の事情に土足で踏み込んできたのは、求が先なんだから」

「それは、そうかもしれませんけど」

求は時次郎の介護を、明日美がするものと決めつけていた。それを突っぱねたからといって、責められる謂れはない。

「親の介護なんてね、プロに頼れるなら任せちゃったほうがいいのよ。身内がやるとお互いに甘えが出るからね。心理的に近寄りすぎちゃって、追い詰められる。私も寝たきりの父を、ぶっちゃったことがあるわ」

そう打ち明けるひかりの口ぶりは、乾いていた。なんと返していいのか分からなくて、明日美は「そうなんですね」と頷く。

「お父さんの介護を、されていたんですね」

「父だけじゃなく、母もね。私は遅くにできた一人娘だったから、二十代の前半からよ」

先に倒れたのは、母親だった。父親は当然のように、女である娘に介護を任せ、ほとんどなにもしなかったという。

「母はまだ『すまないね』って労ってくれたけど、父は古い人間だから、自分が介護される番になっても横柄でね。ちょっとでも至らないところがあると、癇癪《かんしゃく》を起こすの。早く死んでくれって、毎日のように思ってた。そしてそう思うたび、自己嫌悪に陥るのよ」

ひかりが三本目の煙草をパッケージから取り出す。手に取ったまま、なかなか火をつけようとはしない。指先で弄《もてあそ》びながら、先を続けた。

「立て続けの介護を終えて父を見送ったときにはもう、私は四十近くでね。職歴もろくにない、独身女の出来上がりよ。介護の傍らたまに働いてたスナックにそのまま勤めることになって、五十過ぎで独立したわけ。若いころは夢もあったような気がするけど、なんかもう忘れちゃった」

介護なんて、片手間にできるものじゃない。大家族があたりまえだったころならともかく、交替要員がいなければ、人生をなげうつことになる。ひかりのように貴重な二十代、三十代の時間を奪われると、キャリアを積むことも、家庭を築くことも難しいのだ。

「後悔、してますか？」

「たぶんね。父や母にも、申し訳なかったと思う。感情に流されて、ひどい言葉を投げつけちゃったこともあるし。プロに任せてしまったほうが、お互いのＱＯＬのためにもよかったと思う」

ＱＯＬ、すなわちクオリティ・オブ・ライフ。生活の質、もしくは人生の質のことだ。

「時さんの場合はたぶん、施設に入れないほど要介護度が低くはないでしょうから、明日美さんが無理をすることないわ。『まねき猫』のあがりと年金で、施設だってなんとかなるでしょ。求がなにか言ってきても、無視しちゃいなさい」

時次郎の介護に時間と神経を削られるなんてごめんだと、早い段階から思ってきた。同時にそう思ってしまうことに、罪悪感を抱いてもいた。

長い歳月を介護に費やしてきたひかりにそう言ってもらえて、自分自身を縛っていた鎖が少し、緩んだようだ。実の親を施設に入れるという考えは、見捨てることと同義じゃない。自分のために、それから時次郎のためにも、既存のサービスを利用すればいいだけなのだ。

「『タクさん』あたりにも、冷たいって言われそうですけど」

「そのときは、私が叱ってやる。あの人、介護どころか、自分の子供のオムツ替えもしたことないんだから。文句なんて言わせないわよ」

そう言うと、ひかりは力こぶを作る真似《まね》をした。

心強い。時次郎が倒れてからはじめて、味方ができたような気分だ。明日美は久しぶりに、声を出して笑った。

「おおっと、いけない。とっくに日付けが変わってるわね」

お互いに明日も、仕事がある。少しくらい寝不足でも乗りきれた若いころの体力は、すでにない。ひかりは吸わず仕舞いだった煙草をパッケージに戻し、カウンターから身を起こした。

「長々と語っちゃって、悪かったわね」

「いいえ、助かりました。ありがとうございます」

ひかりの住まいは、ここから徒歩五分ほどのアパートだ。入り口のシャッターを閉めるついでに、外まで見送りに出る。

「じゃあ、おやすみ」

「はい、おやすみなさい」

考えてみれば、一日の終わりにこう言い合える相手は、もう長いこといなかった。

深夜になっても、赤羽の飲み屋街は明るい。行き倒れの酔客がいる通りを、ひかりは慣れた足取りで歩いてゆく。

生ぬるい風が吹いていた。空を仰ぐと、星は一つも見えなかった。

四

あくる朝、明日美はアヤトと共に、駄菓子屋の前に立っていた。

赤羽小学校の、裏手にある店舗である。八月も下旬というのに、蟬《せみ》の合唱は衰えを知らない。湧き出る汗を拭いながら、明日美はぽつりと呟いた。

「これ、まだあったんだ」

駄菓子屋の店舗の脇には、十円で遊べるレトロゲーム機が何台か設置されている。主にはじき系と呼ばれる、十円玉やパチンコ玉を弾いてゴールを目指すアナログゲームだ。明日美も子供のころに、何度か遊んだ覚えがある。

「うん、得意なんだ」

アヤトが明日美を振り仰ぎ、にっこりと笑う。右手がグーになっているのは、十円玉が握り込まれているからだ。

自宅アパートから「まねき猫」へと向かう道中で、拾ったという。十円玉一枚を届けられたってお巡りさんも困るだろうから、「いただいちゃいな」と言ってやった。アヤトは「いいの⁉ やった、お菓子が買える」と、嬉しそうだった。

今どき十円で、なにが買えるというのだろう。たしか「うまい棒」ですら、値上げをしたはずである。

それでもアヤトは待ち遠しそうに、駄菓子屋が開くのを楽しみにしていた。お金が足りないと可哀想だから、明日美もこうしてついてきたのだが――。

アヤトが向かったのは駄菓子屋の入り口ではなく、ゲーム機だった。それでやっと、意図が見えた。ゲーム機は一台ずつに、こう書かれた紙が貼られている。

『白カード　20円券
赤カード　50円券
青カード　１００円券』

見事ゴールにたどり着くと、駄菓子屋で使える金券が出てくるのだ。どのカードに当たるかはランダムなので分からないが、少なくとも手持ちが二倍以上の価値になる。

「自信があるんだね？」

「うん、任せて」

朝一番にやって来たから、先客は一人もいない。アヤトは迷うことなく、「キャッチボール」という台に十円玉を入れた。

野球のピッチャーやバッターのイラストが描かれた、昭和テイストの台である。スタート位置には、投入したばかりの十円玉がそのまま出てきた。

これを弾いてレーンの上を走らせ、『ホームイン』と書かれたゴールを目指す。途中の穴に入ってしまったら、アウト。実に単純なゲームである。

アヤトは真剣な眼差しで、十円玉を弾いてゆく。レーンは全部で六つ。バネで弾いて、穴に落とさぬよう次のレーンへと送るのだ。

ずいぶん手馴《てな》れた様子である。十円玉は、危なげなくレーンの上を進んでゆく。最終レーンに達すると、アヤトは屈めていた腰をいったん伸ばした。

「この台で、気をつけなきゃいけないのはここだけ」とのことだ。

これまでのレーンは、力いっぱい弾くだけで穴に落ちずにすむようになっていた。しかし最終レーンともなると、難易度が違う。レーンが切れた先にあるホームインの穴は、なんとアウトの穴に両脇を固められている。

つまり弾く力が強すぎても、弱すぎてもアウト。ほどよい力加減を身につけないと、ホームインは狙えない。

ここが運命の分かれ目だ。アヤトは右手をズボンの尻で拭ってから、バネのレバーに手をかけた。

慎重に、レバーを弾く。十円玉がレーンに飛び出し、そして見事、ホームイン。

「やった！」と、思わず躍り上がっていた。

アヤトは特に騒ぎもせず、カコンと音がした取り出し口に手を入れる。出てきたのは、白カードだった。

「白かぁ」

十円よりは選択肢が増えたかもしれないが、それでも買えるものは限られている。アヤトはがっくりと、肩を落とした。

「待って待って、私もやりたい」

明日美は財布から取り出した百円玉を、両替機に入れた。じゃらじゃらと音を立てて、十円玉が出てくる。そのうち五枚を、アヤトに渡した。

「はい、半分こ」

「いいの？」

「アヤトのほうが、成功率が高いしね」

見ているうちに、自分でもやりたくなったのは本当だ。アヤトへのカンパは、そのついで。この程度の援助なら、現金を渡したって構わないだろう。

「この『キャッチボール』が、一番簡単だよ」

アヤトは初心者の明日美に、勝率のいい台を譲ってくれた。自分は隣の、「カーレース」という台に移動する。名神《めいしん》高速道路を京都、兵庫方面へ移動してゆくという趣向で、仕組みは「キャッチボール」と同じだ。ただし、レーンの形が少しばかり複雑になっている。

二人で横並びになって、ゲームをはじめた。

「あっ、やだ。アウトになっちゃった」

「キャッチボール」はやはり、最終レーンの力加減が難しい。慎重になりすぎて、手前の穴に十円玉が落ちてしまった。

隣ではアヤトが腰を屈め、取り出し口に手を差し入れている。

「えっ、もしかしてゴールしたの？」

「うん。でもまた白カードだ」

「いやいや、すごいよ」

今どきのゲーム機は苦手でも、アナログゲームは達人レベルだ。お小遣いなんて、アヤトはめったにもらえないだろう。そのわずかな機会にできるだけたくさんのお菓子を買いたくて、これほどまでに極めてしまったのかもしれない。

「ちょっと、コツを教えて。この最終レーン、レバーはどのくらいまで下げればいいの？」

「うんとね、このくらい」

「分かった」

力加減を教わって、再チャレンジ。のはずが、今度は強すぎた。ホームインを越えて、やはりアウトになってしまう。

「やだもう、なんで！」

「やった、赤カードだ！」

一方のアヤトは、またもやゴールしたらしい。赤いカードを掲げて、喜色をあらわにする。

これで、九十円分の金券が手に入った。元手が三十円だから、三倍である。

「やった、すごい！」

明日美も一緒になって飛び跳ねる。思いのほか、楽しい。

アヤトは残りの三十円も見事ゴールに入れて、さらに白カードを三枚入手した。

「百五十円になったよ。アヤトってば、天才！」

手放しで誉《ほ》めて、アヤトの頭を撫でてやる。ちなみに明日美の十円玉は、すべてアウトになってしまった。

「よし、お菓子に換えてもらおう。これだけあれば、けっこう買えるんじゃない？」

「うん。おばちゃんも一個、食べていいよ」

「ほんと？　嬉しい」

懐かしのゲームで遊び、童心に返っていた。はしゃぐ明日美のすぐ脇で、錆びついたブレーキ音が鳴る。自転車が近づいていることに、それまで気づきもしなかった。

驚いて、振り返る。自転車に跨《また が》っているのは、八百久の弘だ。配達の途中なのか、荷台には『新鮮野菜』と書かれた段ボール箱が括《くく》りつけられている。

「なにやってんだよ、お前ら」

グレーのTシャツが、ぐっしょりと汗に濡れている。首に巻いたタオルで顔を拭きながら、弘は呆《あき》れたようにそう言った。

五

「おぉい、こっちこっち」

弘が駐輪場で手を振っている。

日陰とはいえ、熱気のこもる午後一時。彼のTシャツは、今日も汗で変色している。

明日美だって、人のことは言えない。アヤトを連れて、炎天下を十五分ほど歩いてきた。キャップを被ってはいても、頬が焼けるように熱かった。

駄菓子屋の前で弘と出くわしてから、二日が経った。土曜日の、午後である。

「いやぁ、今日もあっちぃなぁ」

弘が己の顔を、手で煽ぐ。Tシャツに短パン、足元はビーチサンダル。膨らました浮き輪に、腕を通して抱えている。

海のない街中で、なんて格好だ。でもあながち間違ってはいない。待ち合わせ場所の区民施設には、温水プールがあるのだ。

「浮き輪、使えるんだね」

「そう、流れるプールがあるんだよ」

駄菓子屋のレトロゲームではしゃいでいた明日美を、弘は笑った。

「夏休みだってのに、行くとこないのか?」と、傍らにいたアヤトの髪を掻き混ぜるようにして撫でた。

三食を満足に食べられない子供たちを「まねき猫」が受け入れていることは、弘だって承知の上。アヤトの家の事情にも、かなり通じているようだ。

しょんぼりと頷いたアヤトに、弘は「よし、じゃあおっちゃんがプール連れてってやろうか」と、豪快に笑いかけた。

「行きたい！」

アヤトはすぐさま乗り気になったが、赤の他人がそんなに出しゃばっていいものか。まずは母親である百合絵に確認を取ってからと、逸《はや》る二人を宥めながら電話をかけた。

「そんな。すでにお世話になりっぱなしなのに、これ以上ご迷惑をかけるわけには――」

案の定、百合絵は遠慮の塊だった。代わってくれとジェスチャーで示す弘にスマホを渡すと、まるで人が変わったように姿勢を正した。

「いやいや、いいんですよ。迷惑なんてことはない。ほら俺もね、子供たちとめったに会えなくて、寂しいわけだし。えっ、お金？　なに言ってんすか。区民プールなんて、小学生は百円ですよ。はい、どうぞお任せください」

その態度で、勘づいた。弘は百合絵を、ちょっといいなと思っている。アヤトを構うのも、下心つきなのである。

弘も今は、独り身らしい。シングル同士、惹かれ合ったとしても差し支えはない。もっとも、百合絵の意向はどうだか知らないが。

そんなわけで、土曜日はプールと急遽《きゅうきょ》決まった。弘だけに任せておくのは不安だから、明日美も同行することにした。「まねき猫」のシフトと被ってしまうが、「そういうことなら、タクちゃんを動員するから大丈夫」と、ひかりに快く送り出された。

「やった、やった！　プール、プール！」

区民施設の自動ドアを、アヤトはスキップで駆け抜けてゆく。明日美たちと似たような風体の親子連れが何組か、プールの入り口に並んでいた。

「すごい、人気なんだね」

「夏休みの間は、特に混むね。ひどいと入場制限がかかるから、ほら、朝のうちに整理券もらっといた」

そう言って、弘が『552』から『554』と書かれた三枚の紙を見せてくる。このあたりの番号は、入場可能時刻が午後一時半となっている。

「あっ、だから今朝まで集合時間の連絡がなかったの？」

「そうそう。三人で来て『あと四時間待ちです』って言われても、つらいだろ」

「ありがとう。手間をかけさせちゃったね」

本当は連絡がなかなか来なくて、無精だなぁと呆れていたのだけれど。

それは言わないことにした。

男子更衣室と女子更衣室に分かれて、着替えを済ませる。

三歳から小学生までの入場料は百円で、それより上は五百円。付き添いでも水着に着替える必要があるらしく、フィットネスジムに売っていたのを買ってきた。

思いがけぬ出費である。こうなったらお風呂目当てに入会したジムのプールも、たまに利用するしかない。今日の数時間のためだけに水着を買ったなんて、もったいなさすぎる。

「なんだ、ビキニじゃないのか」

軽くシャワーを浴びて出ると、待っていた弘がいかにも残念そうに眉を八の字にした。ビキニどころか、レオタード型のワンピースですらない。上は半袖のシャツタイプ、下は太股までしっかりカバーするハーフパンツだ。

「着るわけないでしょ、馬鹿馬鹿しい」

「そうだろうけどさぁ、ちょっとは期待しちゃうじゃん。なぁ、アヤト」

「えっ、どうでもいい！」

そりゃあそうだ。明日美の水着姿など、八歳男児にとっては単に景色の一部だ。四十を過ぎた今ではもう、そういう扱いのほうが気が楽だった。

「そんなことより、早く早く！」

待ちきれず、アヤトがその場で飛び跳ねる。こちらは学校指定の水着らしく、『ひいらぎあやと』と腰のところに記名されている。

「滑るから、跳ばない！」

張り上げた声が、屋内プール特有の響きかたをする。消毒用塩素のにおいも、懐かしい。

最後に泳いだのがいつだったか、もはや思い出せなかった。

「ほら、ウォータースライダー！」

区民プールのわりに、ここは設備が充実している。アヤトの指差す先には、ウォータースライダーの青いチューブがとぐろを巻いていた。滑り降りてくる子供たちの歓声が、屋内にこだまする。

二十五メートルプールのぐるりを囲むのは、流れるプール。どちらも人が多くて、まともに泳げそうにない。水の流れを眺めていたら、だんだん気分が悪くなってきた。

「よし、行くか。滑り倒そう！」

弘まで、すっかり乗り気だ。

浮き輪を受け取ろうと、手を差し出す。持ったままでは、ウォータースライダーは滑れない。

「行ってきて。私、見てるから」

「えっ、いいの？」

童心に返っている弘が、嬉しそうに顔を輝かせた。

「おじちゃん、早く！」

「あ、こら。走っちゃ駄目だぞ。歩きなさい！」

喜び勇んで駆けだそうとするアヤトを、弘が慌てて追いかける。

突き出た腹が揺れながら遠ざかってゆくのを、明日美は手を振り見送った。

区民プールくらいなら、平気だと思ったんだけどな――。

屋内プールの片隅にあったジャグジーで、明日美はゆったりと体をほぐす。

ぬるめのお湯と、ぶくぶく弾ける泡が心地よい。本当は手足を伸ばしたいところだが、子供の相手に疲れた大人たちが、入れ替わり立ち替わり温まりにくる。邪魔にならないよう、膝を抱えた。

水場でも川とはまるで景観の違うプールなら、晃斗を失ったときのトラウマが蘇《よみがえ》らずにすむような気がした。でもまさか、流れるプールがあったとは。さっき弘から聞いて、とっさに「ヤバい」と思ったものの、時すでに遅しだった。

一方向へと向かう水の流れが、閉ざしておきたい記憶の扉を洗っている。幸いにも流れはゆるく、無理にこじ開けるほどではない。だが触れられたくもない扉を意識させられると、わずかながら神経が削られてゆく。

なんかもう、情けないな――。

十年の歳月が流れても、ちょっとしたきっかけであの日に引き戻されそうになる。明日美は目を瞑り、大丈夫、大丈夫と己に言い聞かせる。

そういえば晃斗を、当時住んでいた地域の市民プールに連れて行ったことがあった。まだ幼くて、子供用の浅いプールで水遊びをする程度だったけど。顔を水に浸《つ》けるのが怖くて、あの子は号泣していたんだっけ。

ふふっと、口元に笑みが広がる。あまり深くまで考えず、晃斗の愛らしいエピソードだけを掬い上げようとする。

けれども溺れまいと必死にしがみついてくる、小さな手の感触まで蘇りそうになった。これは危ういと、目を開ける。

「よぉ。風呂で寝たら溺れるぞ」

いつの間に来たのか、弘がジャグジーの縁に座っている。毎日の配達でTシャツ焼けしただらしない体を、ゆっくりと湯に沈めた。

「アヤトは？」

「懲りずにまた、ウォータースライダーに並んでる。俺はいったん休憩」

ウォータースライダーは大人気で、行列が途切れることはない。弘も何度かつき合ったが、子供の体力にはついていけないようだ。

順番待ちの列にアヤトを見つけ、安堵する。前に並んでいる子と意気投合したようで、コロコロと笑っている。

「うちの子らがチビだったころを思い出すなぁ。あいつらも、厭《あ》きずにずっと滑ってたわ」

ジャグジーの水流に背中を打たせ、弘が「やれやれ」と年寄りめいた声を出す。彼が数年前に離婚したことは、最近、噂に聞いていた。

「お子さんたち、いくつなの？」

「中三と中一。どっちも女の子。微妙なお年頃でね、月イチの面会日に会っても、まぁ会話が続かないのなんの。あっちも気まずいからか、あんまり会いたがらないんだよなぁ」

聞いていないことまで、弘はペラペラとよく喋る。昔からそうだ。自分のプライベートを、隠し立てしない。そのぶん人の秘密まで、うっかり喋ってしまう傾向にあった。

「なんで離婚したの？」

「おっ、それ聞いちゃう？　早い話が、愛想を尽かされたの。俺、家のことなぁんもしなかったし、しかも両親と同居だしさ。子育てのことでお袋と揉めてたらしいんだけど、小さいことでごちゃごちゃうるせぇなって思ってた。そういうのが積もり積もって、もうアンタとはやってけないってなったわけ」

「なるほど、それは弘が悪いね」

「分かってるってば。俺だってね、反省もしたし後悔もしたよ。まぁ、先に立たずってやつだけど」

そう言うと、弘は弱ったように笑ってみせた。元気だけが取り柄だったガキ大将も、複雑な表情をするようになったものだ。

「おじさんとおばさんは、元気？」

「元気すぎるくらいだな。仕入れや配達なんかは俺がするけど、客受けはあの二人のほうがいいから」

「長年のお馴染みが多いもんね」

弘の両親とは、明日美も顔見知りだ。会えば必ず声をかけられ、騒ぎ立てられるに違いないから、この街に戻ってからもあえて八百久の前は通らないようにしている。

悪い人ではないのだが、あそこのおばさんは思い込みが激しい。自分の物差しを人にあてがって、勝手に怒ったり同情したりする。弘の元妻が苦労したのは、分からぬでもない。

「そういえば、私が帰ってること言いふらさなかったんだね」

「えっ、誰が？」

「アンタ以外に誰がいるってのよ」

弘のお節介は、母親譲り。彼に知られたからにはすぐに連絡が回り、かつての同級生たちが押しかけてくると思っていた。

でも現実には、そうなっていない。明日美の身辺は、その件にかぎっては静かなものだ。

「そりゃあ、孝恵《たかえ》に怒られたからな」

「孝恵に？」

弘と同じく、孝恵も小中の同級生だ。明日美とは一番仲がよかったし、十年前の事故の後には心配して連絡もくれた。でも細やかな気遣いが当時の明日美には負担に感じられ、すっかり音信不通になってしまっていた。

「そう、まず真っ先に孝恵に知らせてやんなきゃと思って電話したら、どやしつけられた。そっとしといてやれってさ。その気になったら明日美は自分から連絡してくるから、それまで待つって」

「そっか」

目頭が、ほんのりと熱を持つ。長年不義理を重ねてきて、とっくに見限られているものと思っていた。

それなのに、孝恵は明日美を信じて待っている。時次郎が倒れたことも耳に入っているだろうに、十年前と同じ失敗を繰り返してはいけないと、連絡を我慢している。

「もうちょっと気持ちが落ちついてからでいいからさ、連絡してやれよ。喜ぶから」

「その前に、めちゃくちゃ怒られそうだけど」

「怒られとけよ。お前、本当にちょっとひどいから」

人からの厚意を遮断して自分の殻に閉じこもっていたことを、「ちょっとひどい」で済ませる弘もお人好しだ。

ふと気づけばこんなにも、身の回りには優しさが溢れているのに。目と耳を塞ぐようにして生きてきたせいで、ちっとも気づけなかった。

「そうだね、ごめん」

「べつに、謝らせたいわけじゃないんだけどさ」

四十二歳、まだ人生の折り返し地点かもしれないが、皆それぞれに疲れている。仕事に家庭、親の病気、自分の健康の不安まで。

そりゃあ五十代になれば、あのころはまだ若かったと思えるのだろうけど。それでも確実に、削り取られている。

その疲れが人を優しくも、意固地にもしてしまう。孝恵の近況を、明日美は知らない。この十年できっと、様々なことがあったはずだ。

「連絡、してみるよ。久し振りに、孝恵の声聞きたい」

「うん、気軽にやってみろ」

少しばかり涙が滲んだが、ジャグジーの湯で顔を洗うふりをしてごまかした。目を開けると、視界はいくぶんクリアになっていた。

なにげなく、ウォータースライダーの行列に目を遣ってみる。順番がきたのか、そこにアヤトの姿はなかった。

だったらどこにいるのだろうと、立ち上がって周りを見回す。歓声を上げてスライダーを滑っているのは、別の子だ。アヤトは、学校指定の黒い海水パンツを穿《は》いていた。水泳帽は、蛍光の黄色だ。

目立つはずの、黄色の色彩を捜してゆく。

いない、いない――。

「おい、どうした。アヤトか？」

弘も異変を感じ、立ち上がる。それには構わず、明日美は視線を彷徨わせる。

いない、いない――、いた！

紛れもない黄色の水泳帽が、流れるプールに見え隠れしている。目を凝らしてみると小さな体がうつぶせに浮かび、バタ足をするでもなく、ただ静かに流されている。

「アヤト!」

我知らず、金切り声を上げていた。

ジャグジーから上がり、駆けだしてゆく。引き留めようとする弘の声が聞こえた気もするが、もう分からない。

　衆目を集めながら、人の間を縫うようにして必死に足を動かした。監視員が台の上から
「危ないから走らないで!」と注意を促してくるが、それどころじゃない。

　流されてゆくアヤトを、早く助けてあげなくちゃ。晃斗みたいに、手遅れになっちゃい
けない。早く、早く、早く――。

　流れるプールに飛び込んで、水を掻き分け前に進む。水がやけに、重たく感じる。

　アヤト、アヤト。どうか無事でいて――。

　あと少しで、小さな体に手が届く。そこまできて、アヤトが「ぷはっ!」と顔を上げた。

　必死の形相で近づこうとする明日美と、集まる耳目。尋常ではない周囲の様子を見回し
て、アヤトはぽかんとした顔で呟いた。

「えっ、なに?」

六

　アヤトには、申し訳ないことをしてしまった。

彼の無事が分かっても、明日美はすでに我を忘れていた。体の震えが止まらなくて、たまらずに泣きだしてしまった。

弘に宥められても駄目で、けっきょくそのままプールから引き上げることになった。

珍しく、アヤトは嫌だと駄々をこねた。

二日前から、プールを楽しみにしていたのだ。彼にとっては、夏休み唯一のイベントだ。まだちょっとしか、遊んでいない。ウォータースライダーだって、もっと滑りたい。

はじめて聞く、アヤトの我儘だった。いつもは百合絵に心配をかけまいと、少しくらいの理不尽は我慢して呑み込んでしまうのに。

泣きべそをかくアヤトを、明日美は震える手で抱きしめた。

「ごめん、ごめんね。おばちゃん、びっくりしちゃって。本当にごめんね」

一緒になって、明日美も泣いた。子供らしいアヤトの我儘が愛おしくて、自分の不甲斐《ふがい》なさが嫌になった。

「まぁ、しょうがねぇ。いろいろ思い出しちまったんだろ。今日はゆっくりしとけ」

弘に「まねき猫」まで送られて、そのまま二階へと向かう。店はもちろん営業中で、濡れ髪のまま入ってきた明日美に、常連客がぎょっとするのが分かった。

目を赤く腫らしたアヤトをひかりに任せ、ふらふらと階段を上がる。手前の部屋に入ると、そのまま膝を抱えて座り込んだ。

アヤトのフォローをしておきたいが、今は無理だ。呼吸が荒く、喉の奥で木枯らしのような音がする。ひとまずは、自分が落ち着かないと。

大丈夫、大丈夫だ。アヤトは無事だった。ただ息を止めて水面に浮かび、流れに乗って遊んでいただけ。悪いことは、なにも起きなかった。

必死にそう言い聞かせても、さっき見た光景が、川に浮かんで発見された晃斗のイメージとだぶってしまう。

明日美は強く目を閉じて、瞼に映る映像すら遮断しようとした。

体の震えを止めなきゃと、身を強張らせる。それでもまだ、芯のほうが震えている。寒くないはずなのに、むしろ汗すらかいているのに、止まらなかった。

どのくらい、そうしていただろう。明日美はふと、自分の体が塩素剤臭いことに気がついた。

あたりまえだ。ろくにシャワーも浴びていないし、ましてやシャンプーなんて。体も髪も、薬剤のにおいにまみれている。

このにおいには辟易《へきえき》するが、ジムのお風呂に行くのも面倒だ。でもやっぱり、このまま寝るのは嫌だし――。

ぐずぐずしているうちに、室内が陰ってきた。今、何時だろう。顔を上げるのも億劫で、明日美はさらに背中を丸めた。

もしかすると、そのまま寝てしまったのかもしれない。閉めていたガラスの引き戸がふいに揺れて、「わっ！」と飛び上がった。

当座の生活のために整えただけの、殺風景な部屋の様子が、薄暗がりの中に浮かぶ。

「なぁ、ちょっと。飯は？」

ぶっきらぼうに問いかけてきたのは、求だ。磨りガラス越しに、シルエットが見える。

明日美はパチパチと瞬きをした。

「えっ、なに」

絞り出した声は、掠れていた。求は苛立ちを覚えたようだ。

「だから、飯。食わなきゃもたないだろ」

もうそんな時間なのか。廊下の電灯がついているおかげで、物の形だけは窺える。手元を捜してみたが、時間を確認できるものは特になかった。

空腹は、少しも感じられなかった。わざわざオーダーを取りにきてくれたのは嬉しいが、明日美は「いらない」と首を振る。

「わざわざ聞きに来てくれたのに、ごめんね」

「ごめんねじゃねぇよ。食えよ」

ガラス戸が、また揺れる。軽く叩きはするものの、無理に開ける気はないようだ。一応女性の部屋だから、気を遣っているらしい。

「すぐに出てこい。口に飯を詰め込んでやる」

「今はいいの。お腹が空いたら食べるから！」

デリカシーがあるんだか、ないんだか。強硬手段に出ようとする求に言い返すと、肩の強張りがふっと抜けた。深く息を吐き、明日美は抱えていた膝を放す。

「騒がせてごめんね。アヤトは？」

「おばちゃん大丈夫かなって心配してたけど、帰ってったよ」

「そっか」

「弘さんも、プールはまずかったって反省してた。謝っといてくれって」

べつに、弘が謝らなきゃいけないことなどなにもない。これは、明日美の心の問題だ。自分でも、まさかこんなに取り乱すとは思わなかった。

「あのさ、弘さんから聞いたよ。アンタもなんかいろいろ、大変だったんだな」

求のその言いかたに、なぜか笑いだしそうになった。

息子を事故で失った哀《かな》しみを、「なんかいろいろ」でまとめてしまう、求の大雑把さが可笑《おか》しかった。でも細やかに気遣われるよりは、そのほうが楽なこともある。

そうか弘の奴、喋っちゃったか——。

しょうがない、それが弘だ。もはや責める気にもなれない。

「まぁね、昔のことだけど。それでこんなに取り乱しちゃうんだから、情けないよね」

「いや。それは、どうしようもねぇよ」

てっきり笑い飛ばされるものと思っていたのに、ガラス戸の向こうから、弱々しい声が返ってきた。これは本当に求なのかと、そのシルエットをじっと見つめてしまう。

黒いTシャツに、黒いパンツ。着ているものは分かるけど、顔はぼやけてよく見えない。しかも求は、くるりと反転してこちらに背中を向けてしまった。

「俺だっていまだに、電気を消して眠れない。ガキのころは、電気もガスも止められた部屋で、夜を明かさなきゃならないことが多かったから」

ぽつりぽつりと、彼の身の上が明かされる。明日美は相槌《あいづち》も打たず、ただ聞くことにした。

「時さんに助けられた一人目の子供は、俺なんだ。一緒に住んでた母親は、男ができるたびどっか行っちまって、捨てられるまで帰ってこねぇ。出てくたびに五万ほど置いてくけど、そんなの何ヵ月ももたないからさ。たまたま出会った時さんに、食わせてもらってた」

十六年前のことだ。求が万引きをして捕まったコンビニに、時次郎が煙草を買いにきていたらしい。薄汚く、髪も伸び放題の求の様子に、現場を押さえたコンビニ店員も困惑していた。万引きしたのは、鮭《さけ》おにぎり。いかにも訳ありだった。

「とっさに時さんが、『おぅ、ヨシ坊じゃねぇか』とか適当なこと言って、おにぎりの代金を払ってくれたんだ。そのあと『まねき猫』で、たらふく食べさせてもらった。泣けるくらい旨かったよ」

時次郎が、『まねき猫』を引き継いだばかりのころだった。そうこうするうちに前の店からの常連だった「宮さん」がやってきて、児童相談所に通報するべきだと時次郎にアドバイスをした。だがそれを、求自身が「やめてくれ」と断った。

「その前に、一時保護されたことがあってさ。二ヵ月間、個室に閉じ込められたまま学校にも通えなかった。子供の安全を守るためっていうけど、なんで監禁みたいなことされなきゃいけないのか、納得いかなかった。一生懸命訴えたら、時さんは『分かった』って言って、笑ったよ」

その代わり、腹が減ったらいつでもここに食べにこい。早朝でも、真夜中でもいい。勝手口の鍵は、開けておくから。

三食満足に食べられないのはなにも、貧困家庭の子供にかぎらない。求は、被ネグレクト児童だったのだ。

「十三歳になってからは許可を得て、新聞の夕刊配達をはじめたから、多少は生活が楽になった。それも、時さんが筋道をつけてくれたんだ。あの人がいなけりゃ俺、今こうして生きてないかもしれない」

一度だけ、スンと洟《はな》を啜る音がした。

求との間に、磨りガラスがあってよかった。直接顔を見ていたら、お互い素直になれなかっただろう。

これでやっと、腑に落ちた。そんな事情があったなら、求が時次郎に心酔するのも無理はない。

「そっか。アンタもなんかいろいろ、大変だったんだね」

そう返してやると、求も薄く笑ったようだ。黒い背中が、小刻みに揺れている。

「そうなんだよ。だからなんかさ、申し訳なかったと思って」

「なにが？」

「時さんの介護について、あれこれ口出したこと。自分の親には手厚くしてやるんだろうなって言われて、目が覚めた。俺にはたぶん、無理だから」

大人の男らしからぬ、たどたどしい口調だった。胸の内に残る微かな痛みに耐えながら、喋っている。そのことが、明日美にはよく分かった。

「親の介護のこと、赤の他人のアンタに言われたとたん、吐きそうになった。それで、やっと分かったよ。他人がどうこう言っていい問題じゃないんだな。身内じゃなきゃ分からないことって、あるもんな」

親と子の繋がりが、必ずしも美しいものであるとはかぎらない。求はそれを、身をもって知っている。だからこそ我が身に置き換えて考えてみたときに、あれほど取り乱したのだろう。

「まぁね。アンタは心酔してるかもしれないけど、あの人は父親としては失格だったよ。女の人たちに私の世話を丸投げして、自分は遊び歩いてた」

そう言いながら、思い出す。それでも時次郎は、明日美を餓えさせたことはなかった。夏の暑さや冬の寒さに、脅《おびや》かされたこともない。

ネグレクト気味ではあったかもしれないが、生きるか死ぬかの淵に立たされていた求とは、そのあたりが決定的に違っていた。

「たしかに時さんは、衣食住さえ与えときゃ、子供は勝手に育つと思ってるふしがあるな」

「アンタはその後、お母さんとは？」

こんな機会は二度とないだろうから、もう一歩踏み込んでみる。

求が「ああ」と、天井を仰ぐのが分かった。

「相変わらずだよ。男と切れるたび、俺を構いにくる。でもここ二年ほど見てねぇな。男とうまくいってんのか、俺のこと諦めてくれたのか知らねぇけど。便りがないのはなによりだ」

「そう思ってたらある日突然、お母さんが倒れましたって、病院から連絡がきたりするんだよ」

「ああー、そっか。なるほど」

明日美の状況が、まさにそれだ。十年の音信不通の末に降って湧いた、父の介護。

決して他人事ではないと、求にも理解できたのだろう。もう一度、「なるほど」と頷いた。

「そりゃあ、きついわ」

ぼそりと呟く声がした。それっきり、互いに黙り込んでしまった。

沈黙の中でまた一つ、忘れかけていた記憶を思い出す。小三まで共に暮らした「お母さん」が、出ていった後のことだ。

去った人を恋しがり、明日美は毎日泣き暮らしていた。「いつまでもメソメソすんな、もう諦めろ」と業を煮やした時次郎に怒鳴られたのは、五日目のことだったか。明日美も負けずに、「やだ。お母さん返して！」と言い返した。

時次郎はたちまち困った表情になり、どういう思考回路なのか、「なにが食いたい？」と聞いてきた。

「どんな高いもんでもいいから、言ってみろ。食わせてやる」

なんだそりゃと思いながらも、明日美は答えた。

「お母さんが焼いてくれた、ホットケーキ！」

時次郎は「分かった」と頷いて、台所の戸棚にあったホットケーキミックスを取り出し、箱の説明書きを読みながらおっかなびっくりホットケーキを焼いてくれた。

火加減が強すぎたせいで表面は丸焦げ、中は生焼けの、ひどい代物だった。それを見て、明日美は「こんなんじゃない！」と声を上げてさらに泣いた。

黒々と跳ね上がった時次郎の眉が、そのときばかりは垂れ下がり、彼もまた泣きだしそうな顔をしていた——。


夏休み最終日、アヤトはようやく宿題の絵を描き終えた。

明日美と共に、レトロゲームを楽しんでいる絵だった。人もゲームも平面的に、水彩絵の具で塗られていた。

「プールの絵じゃないんだ？」

「青の絵の具が、あとちょっとしかなかったから」

それは盲点だった。絵の具くらい、買ってあげればよかった。

「いいんだよ。おばちゃんとゲームしたの、楽しかったもん」

プールの思い出は、アヤトにとっても微妙なものになってしまった。あんなにも、ウォータースライダーではしゃいでいたのに――。

「ごめんね」

謝ると、アヤトは不思議そうに首を傾げた。なにを思ったか、そのまま明日美の膝に頭を乗せて、寝転がる。

「どうしたの？」

膝の上に、たしかな重み。心地よさそうに目を細めて、アヤトは「ふふふ」と笑った。

「べつに、どうもしない」

ゴロゴロと、喉を鳴らす音が聞こえてきそうだ。胸がぎゅっと、締めつけられる。

寝癖のついたアヤトの髪を、戸惑いながら撫でてやる。これはプールの一件を許してやろうという、意思表示なのだろうか。

子供の体温は高くて、すぐに膝が汗ばんでくる。それでもアヤトを、どかす気にはなれない。

あと少し、もう少しだけ――。

祈るような気持ちで、明日美はアヤトの髪を撫で続けた。

第四章　招き招かれ

一

レトロゲームの絵が担任教師から、どう評価されたかは知らない。

新学期になり学校がはじまると、アヤトは土日くらいしか「まねき猫」に顔を出さなくなった。少し寂しい気もしたが、給食でお腹が膨れているなら、それがなによりだった。

九月半ばに差しかかっても、暑さは収まる気配を見せない。

もはや、残暑というレベルではなかった。九月はすでに秋ではなく、夏のカテゴリーに入ってしまったと諦めるべきか。

満員電車から吐き出されるようにしてホームに降り、明日美はやれやれとため息をつく。コロナ禍を機にリモートワークが定着するかと思われたが、五類感染症に移行したとたんに取りやめた企業が多いのか、通勤電車の人混みも戻ってきた。明日美の場合、出勤は昼近くだからまだいいが、帰りはそれなりに混み合う。

赤羽は四路線が乗り入れるターミナル駅だ。ここで乗り降りする人は多く、エスカレーターには長い行列ができていた。

階段を使う気になれず、明日美は大人しく最後尾に並ぶ。

コールセンターと「まねき猫」のダブルワークにも慣れたと思っていたが、夏が長すぎるせいか、だんだんつらくなってきた。どこが悪いというわけでもないけれど、なんとなく力が出ない。帰ったら、スタミナのつくものが食べたい。

とはいえ、金曜の夜である。店の混み具合によっては、ホールを手伝わなければ。

ああ、忙しい。近ごろは考えるべきことがまた増えて、軽くパニックを起こしそうだ。

ストラップが肩に食い込む通勤用のバッグには、介護施設の資料が入っている。時次郎が入院する病院のソーシャルワーカーが、「ご参考までに」と渡してくれたものだ。退院後に在宅介護を選ばないのなら、どの介護施設に入れるかを決めなければならない。

今の病院には最長で、あと百二十日ほどいられるはず。それでも施設探しは、早めに動きはじめたほうがいいという。

「入居先の施設が決まってから、連携する病院との調整に一ヵ月程度かかりますので。遅くとも、十二月の半ばまでには決めてください」

そう言われたときは、三ヵ月もあれば余裕だと思ったのだが。資料をめくってみると、大変さがだんだん分かってきた。

なにせ東京都北区に限っても、施設の数は膨大だ。しかも明日美が思っていた以上に、介護施設には種類がある。

要介護者向けの施設だけでも、主に六種類。そのうち介護老人保健施設は在宅への復帰を目指す性格のもので、グループホームは認知症に特化している。どちらも時次郎のケースには当てはまらないから、まずこの二つはスルーだ。

残るは特別養護老人ホーム、介護医療院、介護付き有料老人ホーム、住宅型有料老人ホームの四つである。そのうち特別養護老人ホームと、介護医療院が公的施設となる。

特別養護老人ホームは、原則として要介護三以上からの入居が可能。介護医療院は要介護一以上で、医師や看護師による医療も受けられる。

民間施設に比べれば費用を安く抑えることができるから、明日美としては公的施設を選びたい。でも考えることは皆同じで、どこも満員であるばかりでなく、待機者までいる。申し込みをしたところで一年も二年も待たされるんじゃ、退院時期に間に合わない。

本当に、どうすりゃいいってのよ――。

駅の改札を通り抜け、明日美はこめかみを揉む。それぞれの施設の特性を理解するだけでも、頭が痛くなってくる。さらにこの中から条件に合う施設をピックアップし、見学をして回り、入所申し込みをして――。それでも、受け入れてもらえるかどうかは分からない。

やるべきことが多すぎて、考えるだけで嫌になる。明日にでも、孝恵に相談してみよう。

幼馴染みの孝恵はマイホームを購入して、練馬《ねりま》区に住んでいる。思いきって電話をかけてみると、「よっ、久し振り」と、軽い口調で応じてくれた。十年間の空白など、まるでなかったかのように。

その気遣いがありがたくて、鼻の奥がつんと痛んだ。もしかすると涙声になっていたかもしれないが、明日美も「うん、久し振り」と返した。互いを許し合うには、そのやり取りだけで充分だった。

ぽっかりと空いた空白を埋めるように、近況を報告し合った。なにせ十年分だから、二時間もの長電話になってしまった。

孝恵は結婚して、八歳と五歳の男子の母親になっていた。長男のときは待機児童対策が今よりまだ進んでいなかったから、妊娠初期の段階からいわゆる保活をはじめ、見事第一志望の園を射止めたという。

保育園と介護施設という大きな違いはあるものの、情報収集のしかたや戦略面では、似たところがありそうだ。できれば顔を合わせて、話を聞いてみたいけど。

あちらはフルタイムで働く会社員。その上小さな子供がいるとあっては、時間などいくらあっても足りないだろう。明日美の休日は火曜のみだから、ますますタイミングが合わせづらい。

一方的に連絡を絶っておいて、今さら「会いたい」ってのもねぇ――。

赤羽一番街の通りに入ると、むわっとした大気の中を酔客たちが、回遊魚のように泳ぎ回っている。居酒屋の軒先で揺れる提灯に照らされながら、明日美もその中にすっと馴染んで歩いていった。

夕飯は、モツ煮込み丼を手早く掻き込んだ。

食休みの暇もなく明日美はエプロンをひっ摑み、ホールに入る。料理を運ぶのも大変なくらい、店内は客で溢れ返っていた。

こんなときにかぎって、常連の「タクちゃん」は飲みにきていない。ホールで孤軍奮闘していたアルバイトの京也が、明日美の加勢を喜んだ。

「ああ、明日美ちゃん。俺、チャーハン稲荷ね」

「はい、まいどぉ」

「それと、ハイボール」

「トリス？　角？」

「角で」

「了解」

赤羽スタンダードの客あしらいも、近ごろ堂に入ってきたのではないだろうか。釣り銭の計算だって、めったなことでは間違えない。

もうすっかり、明日美は「まねき猫」の一員となっていた。

閉店時間が近づくにつれ、客がぽつりぽつりと帰ってゆく。最後のひと組になったところで、求が厨房を片づけはじめた。

「京也、もう上がっていいぞ」

「あ、はい。お疲れ様でした」

ぺこりとお辞儀をし、京也がエプロンを外す。「お疲れ様」と返しつつ、明日美はそれを受け取った。

「ごちそうさま」

京也が帰ったのを機に、最後の客もテーブルを離れる。「ありがとうございました」と外まで見送り、ついでに表のシャッターを半ば下ろしておく。これでもう、新規の客は入ってこない。

「やれやれ」

忙しなく動き回ったせいで、脚がだるい。明日美は店内に戻ると、カウンターに両手をついてアキレス腱を伸ばした。連動して、腰や肩にも軋みを覚える。

「明日美さん、ちょっといい？」

閉店後の掃除に入る前に、ひかりが厨房から声をかけてきた。あらたまって、どうしたのだろう。

「はい、なんでしょう」

先を促すと、ひかりはこちらの顔色を窺うようにして切りだした。

「取材の申し込みが、きてるんだけど」

詳しく話を聞いてみれば、街ブラ系のウェブ媒体だという。サイト内検索も充実しており、たとえば「赤羽　居酒屋」と打てば目当ての記事にヒットする。赤羽といえばせんべろ居酒屋のイメージが定着しているぶん、ＰＶ数も見込めるとのことだった。

スマホを取り出して、教えられたサイトを覗いてみる。運営元は、街ブラ雑誌を出している出版社だ。それだけにサイトの作りは凝っており、しかも見やすい。まさかそんなところから、取材申し込みがくるとは思わなかった。

「そんなわけだけど、どうする？」

「どうするって、言われましても」

実質的に店を切り盛りしているのは、ひかりである。それでも店主代理は、明日美ということになるのだろうか。やけに遠慮がちな言い回しだった。

ああ、そうか——。

ふいに、思い至った。時次郎が倒れて間もないころの明日美なら、「取材なんてとんでもない！」と、詳しい話も聞かずに突っぱねていたはずだ。

この店の存続を認めたのは、不承不承。なし崩し的な経緯だったから、ひかりは今も明日美の意向を気にしているのだ。

「取材、いいと思いますよ」

するりとそう、答えていた。なんの抵抗もなく言えたことに、明日美自身も驚いた。

「本当に？」

ひかりが疑うような眼差しを向けてきた。戸惑いつつも、「ええ」と頷く。

「構いませんよ。店が繁盛してくれないと父の入院費用が払えないし、借金も返せませんからね」

どうやら自分は時次郎が作ったこの場所に、愛着を覚えはじめているようだ。そう気づいたとたん体の強張りがふっと抜けて、その場にうずくまりそうになった。

カウンターにしがみつくようにして、どうにか堪《こら》える。ひかりが柔らかく、目元を緩ませた。

「そう、ありがとう」

お礼を言わなきゃいけないのは、どっちだろう。晃斗を亡くしてからずっと、明日美は孤独の中を彷徨っていた。贅沢《ぜいたく》をせず、人と深くかかわらず、必要最低限の暮らしをしてきたし、またそうでなければいけないとも思っていた。

それなのに時次郎が築き上げた人間関係に揉みくちゃにされて、今では誰かがいつも傍にいる。毎日泣いたり笑ったり怒ったりと、大忙しだ。自罰的な気分なんて、いつの間にやら吹き飛んでいた。

いいのかな、これで——。

晃斗のことを、忘れるわけじゃないけれど。その死を乗り越える活力を得るために、ここに居場所を作ってもいいのだろうか。この場に集う人たちを、愛することが許されるのか。

唇を噛んでうつむくと、吸い殻だらけの床が目に入る。床を灰皿代わりにするなんて文化が違いすぎるとショックを受けたはずなのに、この習慣にも慣れてしまった。染まったものだ——と、苦笑する。不思議と悪い気はしなかった。

「ねぇ。あとひとつだけ、お願いがあるんだけど」

カウンターの向こうで、ひかりが両手を合わせたようである。明日美は何度か瞬きをし、ゆっくりと顔を持ち上げた。

「なんですか？」

問い返すと、ひかりはおねだりをするように上目遣いになった。

「まねき猫の置物を、経費で買ってもいいかしら」

「まねき猫」という店名の由来を、今まで気にしたことはなかった。

そういえば、なぜこの名前になったのだろう。

「べつに、時さんが考えたわけじゃないのよ」と、ひかりは軽く肩をすくめた。

なんでも時次郎が引き継ぐ前から、この店の名前は「まねき猫」だったらしい。「タクちゃん」あたりから店名が可愛すぎるという意見も出たそうだが、他ならぬ時次郎自身が気に入っていた。

「いいじゃねぇか。人とのご縁を、たぁんと招いてもらおうや」

そう言うと、どこからかまねき猫の置物を調達し、カウンターの上に据えてしまった。

でも今は、店内を見回してもまねき猫の置物はない。どこに行ったのかと尋ねると、ひかりは床を指差した。

「時さんが倒れたときに、肘が当たるかなにかしたんでしょうね。落っこちて、割れちゃってたのよ」

「あっ、もしかして――」

はじめてひかりに会ったとき、彼女はカウンターの内側を箒で掃いていた。そのゴミが、陶器の欠片だった記憶がある。

「そう、それ。修復のしようもなく、バラバラになっちゃったの」

割れてしまったものは、しょうがない。でもまねき猫の置物は、長年この店のシンボルとして扱われていた。なくなってしまうと、やっぱり寂しいとひかりは言う。

「たしかに物足りねぇな。俺もガキのころから、ずっと見てきたから」

片づけをしながらも、聞き耳を立てていたらしい。求が水道の蛇口にホースを繋ぎながら、会話に割り込んできた。

時次郎が倒れると共に、割れてしまったまねき猫。彼はもう厨房に戻れないけど、店はまだ終わりじゃない。これからも、人の縁は繋がってゆく。

「もちろん、いいですよ。買いましょう」

断る理由はなかった。店の備品なのだから、経費で購入するのも問題はない。

でもまねき猫って、どこに売っているんだろう。

小さいものならともかく、店に飾るようなサイズはなかなか見ない。縁起物を集めた雑貨屋が、どこかにあるといいのだけれど。

「俺も、ちょっといいか」

明日美が首を捻っていると、求が肩の高さに手を挙げた。

「うん、なに？」

「京也のことなんだけどさ」

求は苦い顔で、帰ったばかりのアルバイトの名を口にする。

「あいつの大学、夏休みが九月いっぱいまでらしくて」

明日美は「へぇ」と相槌を打つ。大学のスケジュール感が、いまひとつ摑めない。休みが九月いっぱいまでとは、長いものだ。

「来月からは、あんまりシフトに入れないらしいんだよな」

京也には土日と定休日の火曜を除いて週四日、夜間のシフトを埋めてもらっていた。

それが、入れなくなる？

側頭部をガツンと殴られたような衝撃を覚え、明日美は「へっ？」と口を開けた。

二

まねき猫の置物は、ネット通販で買えるらしい。

定番はやはり、小判を抱えた常滑焼《とこなめやき》か。サイズは何号がいいだろう。

右手を挙げているものはお金を招き、左手だと人を招くという。色にも意味があるようで、たとえば白なら開運招福、黒は厄除《やくよ》け、赤は健康長寿、などなど。

そのあたりの設定は、後づけのような気もする。

さらに調べてみると、まねき猫の専門店が浅草《あさくさ》のかっぱ橋道具街にあると分かった。こういうものは絵つけによって顔の雰囲気が違うから、直接目で見て、「これだ！」と思うものを選んだほうがよさそうだ。

明日美は先代のまねき猫を知らないから、求に頼んで買ってきてもらおうか。できれば次の休みにでも――。

「ふごっ！」

ベッドから鼻が潰れたような音が聞こえ、明日美は手にしたスマホから顔を上げる。リクライニングを少し上げた状態で、時次郎はよく眠っている。

日曜日の朝である。ひかりと求が仕込みをしているうちに、着替えを持って病院にやって来た。

時次郎は、明日美が病室を覗いたときからすでに夢の中。ベッドの脇に据えられたキャビネットを整理していても、起きる気配は見せなかった。

病室は、六人部屋だ。時次郎は窓側なので、カーテンを引いていても日中は暑い。そんな中で、よく熟睡できるものである。

痩せたな――。

寝息を立てる父親の顔を眺め、あらためてそう思った。

時次郎はまだ、生命維持に必要な栄養を経鼻チューブから得ている。口から食べるのとは勝手が違うのか、この二ヵ月で見違えるほど痩せてしまった。寝たきりで、筋肉が落ちたせいもあるのだろう。頬はこけ、半袖のパジャマから突き出る腕は枯れ枝のようだ。

嚥下能力が戻っていないため、水もまだ飲めない。でもこちらの病院ではマメに唇を湿らせてくれるようで、「水をくれ」と騒ぐことはなくなった。

自分の置かれた状況を理解したのか、それとも諦めただけなのか。ここから出してくれという要求も、近ごろは聞いていない。

一応、回復してきてはいるのかな――。

脳機能がどこまで戻るかは、まだ先が見えない状態だ。

ものの分別がつくようになったとき、左半身が動かないという現実を、時次郎はどのように受け止めるのだろう。むしろ曖昧模糊《もこ》としたまま時が過ぎたほうが、本人は楽なのかもしれなかった。

時次郎の要介護認定は、まだ申請中。でもこの状態なら、もっとも重い要介護五になる可能性が高いという。

「介護施設？　それならまず、優先順位を決めなきゃね」

保育園選びの猛者である孝恵に相談してみると、そんなアドバイスが返ってきた。

費用に立地、施設の雰囲気、スタッフの質。リハビリやアクティビティの充実度、医療機関との連携体制。

介護施設を選ぶには、いくつかのポイントがある。そのうちなにを優先するかが、肝となる。

明日美の場合はとにかく、費用と立地だ。

金額面で無理をすれば長く払い続けることができないし、車を持っていないから公共交通機関を使って通える場所でなければ困る。

アクティビティが充実していたところで、時次郎の状態では参加できそうにないのだから、そこは切り捨てたっていい。

だがこれらはすべて、明日美の都合だ。施設を利用する当人の意志は、少しも反映されていない。

「しょうがないじゃない。意思決定できるのは明日美だけなんだし、お金を出すのも、労力がかかるのも明日美でしょ。私だって子供のためを思えばもっとカリキュラムの充実した園に入れてあげたかったけど、そうもいかない事情があるんだよ」

孝恵にそう言われ、時次郎はもはや自立した大人ではなくなってしまったのだと思い知る。

責任を負う代わり、自らの頭で物事を考えて、選び取れるのが大人の利点だ。生まれついた環境に左右されてしまう子供とは、決定的にそこが違う。自分のいるべき場所は、自分で決めることができる。

でも時次郎は今や、要介護の老人だった。自力では寝返りを打つことすらできず、「ここから出してくれ」という願いも聞き入れられない。周りにいる大人の都合に振り回されるという点では、子供と同じである。

それがつまり、老いるということ。明日美の選択次第では、時次郎に地獄を見せることだってできる。

介護放棄もまた、ネグレクトだ。


丸椅子の上で脚を組み替えて、明日美は時計を確認する。

面会時間には、二十分までという制限がある。すでに、その半分が過ぎていた。

「お父さん」と、呼びかけてみる。細い血管の浮いた瞼が、ぴくりと動く。

だが、それだけだった。

目が覚めたところで、まともなコミュニケーションは望めない。起こしてなにを言うつもりだったのか、自分でもよく分からなかった。

手に持っているスマホの画面には、色柄豊富なまねき猫。明日美もまた、生まれ育ったこの街に招かれたのかもしれない。

そろそろ、覚悟を決めないとね——。

一昨日の夜、求の口から京也の事情を聞かされた。

京也は、大学三年生。就職活動はとっくにはじまっており、休み明けには企業の秋季インターンシップに参加する予定らしい。

学業との両立を考えると、今よりずっと忙しくなる。アルバイトに明け暮れている場合ではないのだ。

「あいつ、奨学金を満額借りてるからさ。就職でトチるわけにいかないんだよ」

だったらこの夏休みも、大事に使いたかったはず。自分のことで頭がいっぱいで、明日美には周りが見えていなかった。

「それから安里も、パチ屋とのダブルワークはやっぱりキツいって。親の借金抱えてるから、時給のいいパチ屋は辞めたくないってさ」

求と同じく、京也や安里も時次郎に恩があると言っていた。ならばその家庭環境は、推して知るべしだ。

「そっか、分かった。無理はしてほしくないもんね」

もう、充分だ。彼らにも余裕があるわけじゃないのに、「まねき猫」の危機を救おうと、こうして集まってきてくれた。

これ以上、若い二人の時間を奪ってはいけない。時次郎だって、そんなことは望まないだろう。

「でもそうなると、アルバイトを募集しなきゃなんねぇだろ」

時次郎に世話になったかつての子供たちは他にもいるが、住まいが遠方だったり、定職に就いていたりで、都合がつかないという。

それでも昼と夜一名ずつの労働力は、早急に確保しなければならない。

「そうだね。人を入れないとね」

新たに人を雇わなくても、この問題を解決する方法ならある。明日美が、コールセンターを辞めればいいのだ。

ついでに笹塚のアパートを引き払い、名実共に「まねき猫」の店主となる。そうすれば、ひかりや求の負担だって減らせるはずだ。

「少しだけ、考えさせて」

あとはただ、明日美が腹を決めるだけ。分かっているのに、その場で決断することは避けてしまった。

我ながら、往生際が悪い。

「まねき猫」の存在は、すでに自分の一部となりつつあるのに。すべてを受け入れるにはまだ、わだかまりが残っている。

だってまだ、私はお父さんのことを許せていない——。

なにも知らない時次郎は、ベッドの上でいびきをかいている。病体の父を責めてもしょうがないけど、たったひと言でいい。「今まですまなかった」という、心からの謝罪がほしかった。

それだけで、胸のつかえが少しは下りる。私も意地を張ってしまったと、素直に認めることができる。

でも、無理なんだろうな——。

依然として時次郎には、人の見分けがついていない。担当医や看護師のことは、服装でそれと認識しているだけのようだ。

こんなことになると分かっていれば、前もって時次郎と、和解しておこうと思えただろうか。

「山田《やまだ》さぁん、お熱計りましょうか」

隣のベッドに看護師がきて、思考が一時中断される。

この病棟には脳血管障害の患者が集められており、後遺症の程度に合わせてリハビリを受けている。社会復帰が叶う人もいれば、時次郎と同じように、退院後は施設への入所を検討している人もいることだろう。

スマホをバッグに仕舞い、明日美は鼻から大きく息を吐く。

親が突然倒れるなんて、珍しくもないことだ。体の自由が利かなくなって、介護が必要になることだって。

けれども、いざ「倒れた」という連絡が入るまで、その可能性を考えもしなかった。時次郎は元々血圧が高い上に、大酒飲みだった。ずっと前から、脳血管障害予備軍だったはずなのに。

けっきょくそのときになってみないと、人ってなにもできないんだな――。

備えあれば、憂いなし。目先のことで精一杯だから、明日美はいつも憂えてばかりだ。

なんにせよ「まねき猫」の人員補充に関しては、早く決断を下さなければ。

明日美がコールセンターを辞めるにしても、事前準備が必要だ。人材の入れ替わりが激しい職場とはいえ、少なくとも退職の二週間前までには申し出ておかねばならない。そうなるともう、日数に余裕はなかった。週明けすぐにでも、上司に退職の意思を伝える必要がある。

悩んでいられるのは、今日いっぱいということか。本当に行き当たりばったりで、我ながら嫌になる。

ひとまず、帰ろう。そろそろ面会時間も終わるころだ。

バッグのストラップを肩に掛け、丸椅子から立ち上がる。その際に椅子の脚を蹴飛ばして、思いのほか大きな音が出た。

「あっ、すみません」

同室の患者さんたちを驚かしてしまったかもしれないと、明日美は慌てた。

カーテンで隔てられているから、周りの反応は分からない。もう一度、「失礼しました」と謝った。

椅子の音が耳障りだったのか、それとも明日美の声が聞こえたのか。ふと見れば、時次郎が目を開けている。呆けたように、虚空を見つめていた。

「ごめん、起こしちゃったね」

あとはもう、帰るだけだったのに。安眠を妨害してしまった。

明日美の声を追いかけて、時次郎の眼差しがゆらりと動いた。瞳の色が薄くなったように見えるのは、黒目の縁が白濁しているせいだ。

白内障の気があるのではないかと、まずはじめに疑った。だがこれは老人環という老化現象で、視力に問題はないそうだ。

そうは言っても淡い色の瞳に見据えられると、不安になってくる。脳出血の後遺症だってあるはずだ。今の時次郎の目に、世界はどのように映っているのだろう。

「具合はどう？」

はかばかしい返事はかえってこないと分かっていても、時次郎があまりに見つめてくるものだから、気まずくなって問いかけた。

時次郎はやはり、無言のまま。不思議そうな眼差しを向けてくる。

ぼんやりしていたその瞳に、ふと光が宿った気がした。

「あう」

乾いた唇が、ゆっくりと動く。

相変わらず、呂律は怪しいままである。でもたしかに、時次郎はこう言った。

「あすみ、か？」

三

病室の窓から見える中庭に、車椅子を押して散歩をしている人の姿がある。銀杏《いちょう》の木は黄色く色づき、陽射しに照り映えていた。

　地球温暖化の影響か、今年は十月に入っても平年より暑い日が続いていたが、下旬ともなるとさすがに落ち着いてきたようだ。青く澄んだ空をヒヨドリが、「ヒーヨ！」と甲高く鳴きながら横切っていった。

『時さん、転院おめでとう。早くよくなって、帰ってきてね』

　明日美が手に構えたスマホから、不揃いな声が聞こえる。続いて子供の、「キャハッ」という笑い声。そこでいったん、停止ボタンを押す。

　ずいぶん前に撮ったまま忘れていた、「ビデオレター」だ。ベッドのリクライニングを起こして、時次郎がスマホ画面に見入っている。

「分かる？」

　尋ねると、時次郎は色の薄い目をこちらに向けて、微かに頷いた。

　動かせるほうの右手が、ゆっくりと持ち上がる。人差し指を立てて、画面に映る一人一人を指していった。

「タクちゃん、みやさん、ひかり、もとむ、アヤト」

　呂律は怪しいが、聞き取れないほどではない。友人たちの顔と名前も、識別できている。

　脳機能というのは、不思議なものだ。明日美を認識できた日を境に回路が繋がりだしたらしく、時次郎は少しずつ記憶を取り戻していった。

　それと共に身体機能にも回復が見られ、十月のはじめには経鼻チューブが外されて、今では口からものが食べられるようになっている。一時は胃ろうも視野に入れるよう言われていたのに、それを思えば大きな進歩だ。

「みんな、げんきか？」

「うん、元気すぎて騒がしいくらい。お父さんに、会いたがってるよ」

今は新型コロナだけでなく、インフルエンザも流行《はや》っている。病院の面会制限は、当分緩和されることはないだろう。

そんな事情を知ってか知らずか、時次郎は苦々しげに口元を歪めた。

「あったところで、なぁ」

嚥下機能は戻っても、左半身の麻痺は不可逆的な障害だ。体も細り、別人のような風貌になってしまった。「タクちゃん」たちに会っても、ショックを与えるばかりだと言いたいのだろう。

動画を見ただけで疲れたのか、時次郎が目を閉じる。仕方なく、明日美はスマホを引っ込めた。

老けたなと、あらためて思う。ただ痩せたというより、肉が削《そ》げた。長らく経鼻チューブを入れていたせいか、顔が歪んでいるし、髪も減った。

そのくせなぜか、鼻毛だけは勢いがいい。生命の躍動がその一点のみに集中しているかのように、もさもさと生えてくる。見かねてたまに切ってやるが、いつの間にやら繁茂している。

ホルモンの分泌が、おかしくなってるのかな――。

そんなことを考えていたら、時次郎の瞼が周りを窺うようにそっと開いた。

穏やかな目をしている。一度死の淵を彷徨ったせいか、俗世の脂っぽさが拭い去られ、眼差しには諦観すら滲んでいた。

変わり果てた時次郎を前にすれば、「タクちゃん」たちはショックを受けるかもしれない。だが明日美は割れるような大音声で喋っていたかつての時次郎より、むしろ今の父といるほうが過ごしやすかった。

威圧感が、ないからだろうか。舌がうまく回らないから、余計なことも言ってこない。目の前にいるのは、庇護《ひご》を必要とする老人だった。

あらためて、明日美はスマホを構え直す。今度は液晶画面ではなく、カメラを時次郎に向けた。

「お父さんも、撮る？　ビデオレター」

「いや、いい」

力なく、時次郎は右手を振る。手の甲に、濃いシミが浮いていた。

淡いピンクのカーテンが、風を孕《はら》んで揺れている。明日美は立ち上がり、換気のために開けておいた窓を閉めた。

「みんな、げんきか？」

その背中に、時次郎が問いかけてくる。会話がループするのは、よくあることだ。

「うん、元気よ」

「ともゆきくんや、あきとも？」

喉の奥が、ヒュッと鳴った。智之《ともゆき》は、別れた夫の名前だ。

二人の消息を、聞かれたのははじめてだった。義理の息子だった男と孫の名を、ふいに思い出したのだろう。

明日美は愕然《がくぜん》として振り返る。その顔を見て、時次郎も目を見張った。

記憶の糸が、ゆっくりと繋がってゆくのが分かった。時次郎は吐く息に乗せて、「ああ、そうか」と呟いた。

「そうか、そうだったな」

再び時次郎の目が閉じられる。痛みに耐えるように、ぎゅっと強く。

眉間に寄せられた皺が、小刻みに震えていた。


明日美はしばらく、秒針の音を聞いていた。

手元にアナログ時計はないから、カーテンの向こうにいる同室の患者の持ち物だろう。

カチ、カチ、カチと、やけに大きく響いている。

「ねぇ、お父さん」

思いきって、呼びかけてみる。時次郎は強く目をつぶったまま、応じない。明日美は構わず先を続けた。

「どうして、よその子ばかりに優しくするの？」

遠方だったせいもあるが、時次郎が晃斗に会った回数は片手で足りるほど。求たちのほうが、よっぽど世話になっている。

身内には、なぜかいい加減な時次郎。そのわけは、当人にも分かっていないのかもしれない。いつまで待っても、返事がない。

諦めて、明日美は小さく息をついた。

「そろそろ、行かなきゃ」

洗濯物が詰まった袋を手に、立ち上がる。駐車場に、求を待たせていた。

「これから、引っ越しなの」

本日いよいよ、笹塚のアパートを引き払う。荷物はそれほど多くない。「業者を頼むまでもねぇだろ」と、求が手伝ってくれることになった。

「そうか」

言葉少なに応じ、時次郎は目を開けて己の足元を見つめる。明日美が「まねき猫」の二階に越すことは、前もって伝えてあった。

「おれのものは、ぜんぶ、すてていいからな」

時次郎は知っている。あの場所には、もう二度と戻れないと。「タクちゃん」たちと馬鹿騒ぎしながら、酒を酌み交わすこともないのだと。

なんと返していいか分からず、明日美は面会者用の丸椅子をベッドの脇に寄せる。気まずさを紛らわせるために、「あ、そうだ」と、わざとらしく声を張り上げた。

「銀行口座の暗証番号、思い出せた？」

これまでにも、何度かした質問だ。年金などが振り込まれる、時次郎名義の銀行口座である。その暗証番号が、分からないままだった。

時次郎は一点を凝視して、なにごとか考え込んでいる。沈黙が、長く続いた。

やっぱり駄目か——。

諦めて、「もういいよ」と声をかけようとする。その前に、時次郎がぽつりと呟いた。

「３４５３」

「えっ、ちょっと待って」

数字を書き留めようと、慌ててスマホの画面を開いた。アプリのメモ帳に、ぽちぽちと打ち込んでゆく。

「３４５３で、いいのね。本当に合ってる？」

「あってる」

確信ありげに、時次郎は頷く。その自信はどこからくるのかと訝《いぶか》りながら、明日美はあらためて画面上の数字を目で追った。

「あっ！」

やっと気づいた。これは、語呂合わせだ。

「み、よ、こ、さん？」

読みかたを変えると、ある女性の名前になった。

確認するように、明日美は上目遣いに父を見る。頭を使って疲れたのか、時次郎は肯定も否定もせず、眠そうに目を瞬《しばたた》いた。

「ちょっと待ってよ、お父さん」

勝手に寝ないでと、肩を摑む。だがこっちは、麻痺しているほうの左肩だ。摑まれたところで、時次郎はなにも感じない。たるんだ瞼が、すとんと落ちる。

「――すまなかったな」

寝入り端《ばな》、時次郎は誰にともなく、そう呟いた。


トイレを済ませ、立体駐車場へと向かう。

面会は家族のみというルールを律儀に守り、求はレンタルした軽トラの運転席で、口を開けて居眠りをしていた。

コツコツと、助手席の窓を叩く。求はびくりと目を覚まし、内側から鍵を開けてくれた。

「遅《おせ》えな。面会時間、二十分じゃなかったのかよ」

「ごめんごめん、ちょっと手こずっちゃってね」

下手な言い訳をしながら、助手席に滑り込む。後部座席がないから荷物は膝に乗せて、シートベルトを手繰り寄せた。

「なんだ、どうした」

なるべく求のほうを見ないようにしていたのに、さっそく気づかれた。

「え、なに?」と、明日美は空惚《そらとぼ》ける。

「目、真っ赤だぞ」

「ほんと?」

知らなかったとばかりに、ルームミラーを覗き込む。さっきよりマシにはなったが、目の縁がほんのりと充血していた。

「ああ、ブタクサかな」

「花粉症?」

「検査したわけじゃないから、分からないけどね」

嘘《うそ》だ。日本人の二人に一人は花粉症と言われているこの時代に、明日美はなんの自覚症状もない。目が赤いのは、さっきトイレで泣いてしまったせいだった。

時次郎の銀行口座の暗証番号は、「みよこさん」。明日美が小学三年生のときに出ていった「お母さん」の名前が、まさに美代子《みよこ》だ。

別れがくるその日まで、本当の母親だと信じていた女の人。時次郎には常に他の女の影がちらついていたが、共に暮らしたのはあの人だけだ。実の親子だと明日美に錯覚させるくらい、「お母さん」はあのアパートの一室に溶け込んでいた。

どうして「みよこさん」を、暗証番号に——。

偶然の一致とは、考えられない。「お母さん」とつき合っていたころに口座を開設して、設定した番号がそのままになっていただけかもしれないけれど。いずれにせよ暗証番号を恋人の名前にする心情には、かなり甘酸っぱいものがある。

あのがさつな大男に、そんなセンチメンタリズムが備わっていたなんて。時次郎は明日美が思っていたよりずっと、「お母さん」に惚《ほ》れていたのだ。

本当に、馬鹿なんじゃないかな——。

頭に思い浮かぶのは、生焼けのホットケーキを前にして、今にも泣きだしそうな顔をしていた時次郎だ。

そんなに「お母さん」が好きだったなら、もっと大事にすればよかったのに。彼女の献身をあたりまえのように受け止めて遊び歩き、ついには見放されてしまった。

それは時次郎の、甘えだ。どこまで許されるのか試したくなって、身内ほどぞんざいに扱ってしまう。勘当状態にある実家の家庭環境となにか関わりがあるのかもしれないが、そのあたりは明日美のあずかり知らぬところだった。

理解できたのはただ、時次郎が「お母さん」を愛していたらしいということ。そしてたぶん明日美や晃斗のことだって、あの人なりに愛していたのだろう。

馬鹿。信じられないくらいの、大馬鹿——。

胸の内で詰ったら、また涙が出そうになった。痒《かゆ》いふりをして、目を擦る。

「薬局寄るか？」と尋ねつつ、求が車のエンジンをかけた。

カーラジオが復活し、唐突に音楽が鳴りはじめる。

「ううん、大丈夫」

ここ十年ほどのヒットチャートには、まったくついていけていない。ポップな楽曲を右から左へ聞き流し、明日美は首を横に振る。

「じゃあ、このまま笹塚に向かうぞ」

「うん、お願い」

今日は火曜日。「まねき猫」の定休日だ。休みの日に引っ張り出してしまった求には、ランチを奢る約束になっている。

思いのほか安全運転で、軽トラは国道17号を南下してゆく。沈黙を埋める役目は音楽に任せ、ぼんやりと窓の外に顔を向けた。歩道の先に、若い親子連れの姿がある。
三、四歳くらいの男の子を真ん中にして、父親と母親が両側から手を繋いでいた。なにか可笑しいことでもあったのか、子供は天を仰いで笑っており、見るからに幸せそうな光景だ。
かつては明日美も、手にしていたはずの幸せ。失ったものが浮き彫りになるから、こういうときはそっと目を逸《そ》らしていたものだけど。ふと気づけば、微笑ましく眺めている自分がいた。

「――すまなかったな」という、時次郎の声がよみがえる。

あれは「お母さん」への詫びなのか、それとも明日美に向けたものだったのか。

あのひと言ではなにも帳消しにならないし、「いいのよ」と許してやることもできない。それでもほんの少しだけ、ごくごく微量ではあるけれど、胸のつかえが取れた気はする。

馬鹿なのは、私もか――。

自分の単純さに苦笑してから、明日美は追い越して見えなくなってしまった親子連れに向けて、微笑みかけた。

四

大きな荷物は、ほとんどない。家電は「まねき猫」にあるもので充分と割り切って処分したし、ベッドも狭い階段を通すのは大変そうだと、捨ててしまった。

家具らしきものはアパートのクローゼットに入れてあったチェストと、座椅子くらいのもの。あとは衣類や雑貨などの段ボールが少々。

実に手間のかからない引っ越しだった。「まねき猫」の店内に手早く荷物を運び込み、軽トラもすぐに返却した。それでほぼ終わりだった。

求のリクエストにより、ランチは近所の中華屋の定食になった。

「ぷはぁ、旨《うめ》ぇ！」

黒酢酢豚の肉の塊を頬張ってから、冷たいビールで流し込む。若者らしく、気持ちのいい食べっぷりだ。

明日美はエビチリ。丁寧に下処理がなされているらしく、口の中でエビがぷりっと弾けた。「あっちゅう間に終わったな。こんなにお手軽なら、さっさと移ってくりゃよかったのに」

今となっては、自分でもそう思う。それでもこれまでの葛藤は、無駄ではなかったと信じたい。人から見れば小さな一歩かもしれないが、この選択によって、明日美の未来は確実に変わったのだから。

「まぁ、そうなんだけどね。このところ、忙しかったからさ」

コールセンターの仕事は、九月いっぱいで辞めた。今や明日美は名実共に、「まねき猫」の店主である。スタッフは基本的に、求とひかりを含めた三人だ。それから助っ人の「タクちゃん」で、店を回している。

ホールの仕事には慣れたつもりでいたけれど、週六ともなると、それなりにきつい。仕込みも含めると飲食店は勤務時間が長いし、立ち仕事でもある。しかも唯一の休みである火曜日は、時次郎のための介護施設巡りでほぼ潰れる。

「施設、まだ決まんねぇの？」

「うん。片っ端から、待機登録だけはしてるんだけどね」

時次郎の、退院後の落ち着き先はまだ見つかっていない。

特別養護老人ホームと、介護付き有料老人ホームの中でも比較的費用が安めの施設に絞って、休みのたび三ヵ所ずつ見学に回っているのだが。どこも待機者が多く、登録をしてもすぐには入れそうにない。

「時さんはなんて？」

「私に任せるって」

施設とひと口に言っても、実際に見て回ると、雰囲気は様々だ。設備は新しくて綺麗でも、働いているスタッフの態度がとげとげしいところ。施設長が若すぎる点に不安はあるが、なんとなくアットホームに見えるところ。共有スペースに集まっている入居者に笑顔がなく、静まり返っているところ——。

何ヵ所も見て回っているうちに、明日美の主観だけで決めてしまっていいのだろうかと心配になった。時次郎はもう、自分の意見が言えるまでに回復している。彼なりに、優先したい条件があるのかもしれない。

だが時次郎は分厚い資料を横目に見ると、面倒臭そうに右手を振った。

「どこでもいい。まかせる」と、投げやりに言ったものだ。

九月の下旬に届いた要介護認定の判定結果によると、時次郎は要介護五。仕事をしながらの在宅介護は、難しいレベルだ。

そのことは、当人も理解しているらしい。ひかりが両親の介護で苦労したのを知っているせいか、「家に帰りたい」とは言わなかった。

「本当に、どこでもいいの？」

念を押すと、時次郎は目だけで頷いて、こう言った。

「おまえに、おむつをかえられるのだけは、いやだ」

それが時次郎の矜持《きょうじ》であり、彼なりの気遣いなのだろう。

「そうは言っても、選《え》り好みしてる余裕なんてないんだけどね」

ぷりぷりのエビを咀嚼《そしゃく》して飲み下し、明日美は小さくため息をつく。

どこの施設も入居の見込みが薄いため、先週は荒川を越えて埼玉へも足を延ばした。それでも満員なのは、都内と同じ。待機人数が比較的少ないところは、交通の便が悪かった。四の五の言っていられないと、やはり待機登録だけはしてきたのだが。

「退院までに間に合わなかったら、いったんお高い施設に入ってもらうしかないかな」

悲しい現実だが、金に糸目さえつけなければ、入居可能な介護施設は今すぐにでも見つけられる。中には入居一時金が何千万円もかかる施設すらあって、資料を見ただけで眩暈《めまい》がした。

「大丈夫、いざとなりゃ『宮さん』が出してくれる」

「ありがたいけど、また借金が増えるじゃない」

時次郎名義の借金、三百万円だって、まだ返済の目途《めど》がついていない。問題はまだまだ山積みで、頭の痛い日々が続きそうだ。

それでもどうにかこうにか、乗り越えていかなければ。なぜ私がこんな目にと、嘆く時期はとっくに過ぎた。時次郎がいずれかの施設に落ち着いたあとには、事業継承の手続きを進めるつもりだ。

時次郎からは、すでに了承を得ている。「まねき猫」を引き継ぎたいと伝えると、時次郎は「ものずきな」と言いながらも、目を潤ませた。

おっしゃるとおり、物好きには違いない。だけどもう、後戻りをするつもりはなかった。

なにをするにも、必要なのは体力だ。デスクワークが主体だったころに比べると、明日美の食欲は凄まじい。大盛りの中華定食をぺろりと平らげて、会計を済ませて店を出る。

「ごちそうさん」

先に外に出ていた求が、満足そうに腹を撫でている。

赤羽一番街に建ち並ぶ居酒屋は、呑兵衛のために今日も昼間から店を開けている。明かりのついていない赤提灯を揺らして、爽やかな秋風が通り抜けていった。

服装も秋物に改まり、溶けそうに暑かった夏の記憶はすでに遠い。

「あら、明日美ちゃん」

八百久の前を通りかかると、店番をしていた弘の母親が手を振ってきた。

「こんにちは、おばさん」と、手を振り返す。

キャップ帽で顔を隠し、知り合いに会いませんようにと足早に歩いていた明日美の姿は、もうなかった。


荷物が少ないぶん、荷解きも難なく終わるはず。

チェストを二階に上げるのだけは、一人では難しいかもしれない。あと少しだけ求の力を借りることにして、「まねき猫」まで戻ってきた。

「あれ？」と、店の前で明日美は首を傾げる。

入り口のシャッターが、半開きになっている。ランチに出かける前に、たしかに下まで閉めたのだが。

訝りつつ引き戸に手をかけてみると、鍵をかけておいたはずなのに、するりと開いた。ひかりが来ているのだろうかと考えながら、シャッターを潜って中に入る。そのとたん、凄まじい破裂音が巻き起こった。

「わっ！」と後退《あとずさ》り、腰を抜かしそうになる。

パーティークラッカーが弾けたのだと、少し遅れてから気がついた。

「お帰りなさーい」

ひかりに「タクちゃん」に「宮さん」、そして弘まで、空のクラッカーを手に笑っている。カウンターには焼酎のボトルが置かれており、すでに飲みはじめているようだ。

「びっくりした。なにごとですか」

「なにって、引っ越し祝いに決まってんだろ」

あとから入ってきた求が、飄々《ひょうひょう》と答える。

この集まりを、前もって知っていたのだろう。明日美をランチに連れ出したのも、計画のうちだったのかもしれない。

「ついでに賞味期限の怪しいものを、片づけちゃおうと思ってね」

ひかりはエプロンを着けて、厨房に立っている。甘辛いにおいがすると思ったら、売れ残りのマグロの切り身と葱を醤油《しょうゆ》で煮ていた。ねぎま鍋だ。

「そんなこと言って、ただ飲みたいだけでしょう」

なにかにつけて、この人たちは集まって酒を飲みたがる。引っ越し祝いなんてのは、口実にすぎない。

「まぁいいじゃねぇか。花が咲いても、月が出ても、雪が降っても、酒を酌み交わすのが文化ってもんだ」

擦りきれたキャップ帽の鍔を後ろに回し、「タクちゃん」が「雪月花のとき～」とでたらめな節をつけて歌っている。

「うるさいよ。これでも飲んでな」と、「宮さん」が焼酎の水割りを作ってその前に置いた。

「一応ね、なにか手伝えることはないかと思って来たんだよ」

床に積んでおいた荷物は、すでにない。四人で手分けをして、二階に運び上げてくれたのだ。

「ありがとうございます」

「なぁに、いいってことよ」

礼を言うと、弘が鷹揚《おうよう》に腹を揺すった。傍らに置いてある段ボールは、引っ越し祝い。八百久印の野菜の詰め合わせだという。

「じゃあ俺、野菜スティック作りますよ」

手早くエプロンを身に着けて、求もまた厨房に入る。胡瓜《きゅうり》をサッと洗って、スティック状に切ってゆく。

「味噌でもマヨネーズでも、好きなのつけて食ってください」

ねぎま鍋の味つけが濃いめだから、生の胡瓜がやけに美味しい。胡瓜、ねぎま、胡瓜、ねぎまと、無限のループを描けそうだ。

「旨い！　やっぱり八百久の野菜は最高だな」

「タクちゃん」におだてられ、弘もまんざらではない様子。

そんな幼馴染みの脇腹を、明日美は横からつついてやった。

「そういえば、聞いた？　百合絵さん、借金完済できたらしいよ」

緊急事態宣言が出て仕事がままならなかったころに、百合絵は街金から生活費を借りたという。それを無事に、返済し終えた。この先は、少しは暮らしが楽になるだろう。

「おお、そうか」

「そりゃあよかった」

「タクちゃん」や「宮さん」も、手を叩いて喜んでいる。

だが弘だけは、「う、うん」と妙に歯切れが悪い。

「なんだ、なにかあったか？」

弘が百合絵を狙っていることは、公然の秘密である。「タクちゃん」がカウンターに両肘をついて、問いかけた。

「それがその――。この間、百合絵さんに伝えたんですよ。困っていることがあったら、いつでも力になりますって」

「ほほう、いいじゃねぇか」

「男らしいよ、弘くん」

「タクちゃん」だけでなく、「宮さん」も身を乗り出す。

しかし弘は、スンと洟を啜り上げた。

「でも『あ、大丈夫です』って、あっさり断られちゃって」

「ああ」と、明日美の口からも嘆息が洩れる。

哀れになるほど、脈がない。弘の好意は、どうやら空振りに終わったようだ。

「よしよし、元気出せ。今日は飲もう」

「水割り、うんと濃く作ってやるよ」

しょんぼりとうつむく弘の肩を、「タクちゃん」と「宮さん」が両側から支える。いつの間にやら引っ越し祝いが、弘を慰める会になりつつあった。

本当に、目まぐるしい。「まねき猫」があるかぎり、なにがあっても落ち込んでいる暇はなさそうだ。

「明日美さんは、レモンサワー？」

「宮さん」が振り返り、焼酎の飲みかたを聞いてくる。

「はい、薄めで」

荷解きがまだなのは、ひとまず忘れることにした。郷に入りては、郷に従え。なにかにつけて酒を飲む文化に、今日ばかりは染まってしまおう。

カウンターの片隅には、左手を挙げた白いまねき猫。かっぱ橋の道具街から迎えたそれは、人との縁を繋ぐお守りだ。

このまねき猫が煙草のヤニと油でギトギトになるころには、明日美にも大切な人ができているだろうか。これから先の未来に、期待する気持ちが芽生えてきた。

いやべつに、いなきゃいないでいいのだけれど。

「やっぱり八百久の胡瓜には、味噌だよな」

「なに言ってんの、マヨネーズだよ」

「ひかりさん、もろみはないの？」

人の好みは、様々だ。

「お、いらっしゃい」

厨房で焼き茄子《なす》を作りはじめた求が、入り口に顔を向ける。

つられて振り返ってみると、ランドセルを背負ったアヤトがシャッターを潜り抜けてきた。

「おお、アヤ坊」

「もう学校終わったのか」

この「引っ越し祝い」のことは、アヤトにも伝わっていたようだ。おじさんたちに歓迎されて、ぴょんぴょんと飛び跳ねながら近づいてくる。

ランドセルの中で鳴っているのは、箸箱か。アヤトは明日美の横で、ぴたりと止まった。

「お帰り。お腹空いてない？」

「ううん、どうだろ」

壁掛け時計を確認すると、まだ三時過ぎ。給食を食べているから、空腹ではなさそうだ。

「なにか、甘いものでも用意しようか？」

ひかりに声をかけられて、アヤトはぱっと顔を輝かせた。

「えっ、いいの？」

ここは場末の立ち飲み居酒屋。メニュー表に、スイーツの項目はない。

「甘いものといっても――」

困惑する明日美をよそに、ひかりは野菜の詰まった段ボール箱に向かって腰を屈める。ひょいと顔を上げたときには、丸々と太った薩摩芋《さつまいも》が手に握られていた。

「大学芋でよければね」

「あ、懐かしい」

記憶が過去に、引き戻される。大学芋は、晃斗のおやつによく作った。小さいうちはなるべく体にいいものをと、市販のお菓子は控えめにしていたのだ。

料理が苦手なくせに、あのころは頑張っていた。晃斗は好き嫌いが多めだったから、他にもいろいろと工夫をして――。

なんてことを考えていたら、横からツンと袖を引かれた。

物思いから、引き戻される。アーモンド形のアヤトの目が、こちらをまっすぐに見上げてきた。

「おばちゃんが作って」

「ええっ！」

なぜそんなことに。驚いて、声がひっくり返る。

「ひかりさんに作ってもらったほうが、美味しいと思うけど」

「おばちゃんが、作って」

同じ台詞を、二度繰り返された。アヤトの視線は、揺るがない。

「じゃあ明日美さん、お願いできる？」

ひかりが薩摩芋を作業台に置く。もはや、任せる気でいるようだ。

「いや、でも――」

「諦めろ、ご指名だ」

料理の手を止めて、求が畳んで置かれていたエプロンを引っ摑む。カウンター越しに、それを投げて寄越した。


久し振りに作るものの、手順は体が覚えていた。

まず薩摩芋を拍子木切りにし、水にさらしてアク抜きをする。五分ほど置いたら水気を切り、耐熱容器に入れてふんわりとラップをかけ、電子レンジに――。

「揚げないの？」

「はい、そういうレシピです」

加熱時間をセットしてから、ひかりに向かって頷き返す。

料理好きでもないのに、いちいち揚げ物なんてやっていられない。手を抜けるところは、遠慮なく抜くにかぎる。

「おいおい、大丈夫かよ」と、「タクちゃん」は心配そうだ。

文句なら、アヤトに言ってくれ。美味しくできなかったとしたら、人選が悪いのだ。

温め時間は三分。レンジがピーピーと音を立て、明日美は耐熱容器を取り出した。

続いてフライパンを熱し、バターを投入。じゅわじゅわと溶けて、甘やかな香りが厨房に漂いはじめる。カウンター越しでも分かるのか、弘が「おっ」と鼻をうごめかした。

さてそこに、先ほどの薩摩芋を並べて焼いてゆく。表面がカリッとしてきたら片側に寄せて、空いたところにたっぷりの砂糖と、醤油を入れた。これは、目分量だ。

砂糖が溶けてフツフツと沸いてきたら、薩摩芋と絡めて火を止める。仕上げに黒胡麻をまぶして、出来上がり。

「さぁ、味の保証はないよ！」

開き直って、皿に取り分けたのをカウンターに置く。蜜がとろりと芋に絡み、見た目だけは美味しそうだ。

「いただきます！」

待ちかねたように、アヤトが箸を取る。

「まだ熱いから、気をつけて」と言う間もなく、大学芋をひと口囓った。

「ほふ、ほふっ！」

「ほら、言わんこっちゃない」

アヤトは口から湯気を吐いて、熱を逃がそうとしている。明日美は慌てて、グラスに冷たい水を注いでやった。

「めちゃくちゃ美味しい！」

なんとか口の中のものを飲み込んでから、アヤトは満面に笑みを浮かべた。火傷《やけど》はしていないようである。

「あ、本当だ。こりゃ旨《うめ》ぇ」

「先にレンチンしてるからか。表面はカリッとしてるけど、中がホクホクだ」

「バターのコクが効いているわね。私もこのレシピに乗り換えようかしら」

「甘じょっぱくて、焼酎にも合うよ。店に出してもいいんじゃない？」

揚げない大学芋は、大人たちにも好評だ。明日美はひとまず、胸を撫で下ろす。

自分でも一つ、食べてみた。少し冷めて表面の蜜が飴《あめ》状になり、パリパリとした歯応えがある。その欠片と芋自体の優しい甘さが混じり合い、嚙みしめるごとに口角がにんまりと持ち上がってゆく。

失敗の少ないこのレシピは、晃斗にも受けがよかった。明日美が薩摩芋を拍子木切りにしはじめると、「お芋さん！」と飛び上がって喜んだ。

口の中に残るバターと蜜の香りが、「お母さん」が焼いてくれたホットケーキを思い出させる。懐かしい、おやつの味だ。晃斗にも、もっと作ってあげたかった。

「ねぇこれ、また作って！」

アヤトの瞳が、期待に満ちて輝いている。

明日美は指先で目元を払ってから、「もちろんよ」と頷いた。

「なぁ誰か、電話鳴ってない？」

その着信にいち早く気づいたのは、弘だった。自分のポケットからスマホを引っ張り出して、念のために確認している。

音の出所は、カウンター付近ではなさそうだ。視線を彷徨わせ、積み上げられたホッピーケースの上の、バッグに落ち着く。

「あっ、私だ！」

ランチから戻った後、スマホはバッグに入れたままそこに放置していた。

明日美は厨房から走り出て、慌ててスマホを確認する。画面に表示されているのは、03からはじまる未登録の番号だ。

二階へと続く暖簾を掻き分けながら、「はい」と応じる。

「あのこちら、篠崎明日美さんのお電話で間違いないでしょうか」

まだ若そうな、男の声が返ってきた。

「ええ、そうですが」

訝りながら答えると、相手は「ゆずり葉苑」の施設長を名乗った。

待機登録をしておいた、板橋《いたばし》にある特別養護老人ホームだった。

結章　人招き

目覚ましのアラームを止めて、起き上がる。

布団から出ると、あまりの寒さに肩が震えた。

断熱性の低いボロ家は、夏が暑けりゃ、冬は寒い。明日美は久留米絣《くるめがすり》の半纏《はんてん》を羽織り、前を掻き合わせるようにして階下に向かった。

午前七時。他に誰もいない店舗はがらんとして、吐く息が白い。エアコンをつけて、明日美は部屋が暖まるまで足踏みをする。

寒いはずだ。なにせ昨日が、クリスマスだった。

目の前の雑事に追われるうちに、月日は矢のように過ぎてゆく。先週の火曜日にはついに、時次郎が板橋の特別養護老人ホームへと移った。

介護施設への入所は申し込み順ではなく、緊急性の高い順だとは聞いていた。それでも特養は難しいだろうと思っていたから、空きが出たと連絡がきたときには驚いた。

「ゆずり葉苑」は、時次郎が入院していた病院との連携体制を整えていたらしい。そのお陰で、優先的に順番が回ってきたのだ。

施設長が三十代半ばと若く、はじめは頼りない気もしたが、体力があるぶん精力的に業務をこなしている。利用者同士の交流も盛んで、人と交わるのが好きな時次郎にはいい巡り合わせだったのだろう。同世代の入居者とは、さっそくウマが合っているようだ。

これにて一件落着。と、いうわけにはいかない。時次郎の体調次第では、病院に逆戻りすることもあり得る。でもひとまずは、肩の荷を下ろせた。

目下の問題は、事業継承の諸手続きだ。こちらは「宮さん」の知り合いの税理士に、相談している。

それでも税制が複雑で、なかなか理解が追いつかない。世の事業者はよくもまぁ、こんな煩雑な手続きをこなしているものである。

この世のしがらみは、面倒なことばかり。それでもたまにきらりと光るものがあるから、見過ごさないように目を開けておかねばならない。

足踏みをしているうちに、体がだんだん温まってきた。今日もよろしくと、カウンターに置かれたまねき猫に向かって手を合わせる。

この置物が店に来てからの、習慣である。気のせいかもしれないが、近ごろ常連が増えてきたと思う。街ブラサイトを見て来た新規客の、リピート率が高いのだ。

神様、仏様、まねき猫様。本日もどうか、いい出会いがありますように。

「よし！」

瞑っていた目を開けて、両側から挟むように頰を叩く。さあ、きびきびと働こう。

と、思った矢先。どこからか、微かな物音が聞こえてきた。

「あれ？」小さく呟き、耳を澄ましてみる。

コンコンと、扉をノックするような音。たしかに聞こえる。勝手口のドアだ。

なにしろ今日から、冬休み。アヤトかと思ったが、彼ならノックをせずに入ってくる。鍵はいつだって、開けっぱなしだ。

だとすれば、誰なのか。ラーメン屋との隙間は、よっぽど小柄な人じゃないとすり抜けられないはずだけど——。

身の危険を感じたらすぐ閉められるよう、明日美はそっと、窺うようにドアを開けた。

外に立っていたのは、痩せぎすの女の子だった。

印象的なのは、大きな目だ。警戒の色を滲ませながら、こちらをじっと見上げてくる。

小学校の、四年生くらいだろうか。肩まで伸びた髪はもつれ、この寒空にコートを着ていない。ピンクのトレーナーもサイズが小さく、袖からすっかり手首が出ている。

誰に聞いて、ここにやって来たのだろう。その風貌から家庭の事情を推し量るのは早計だが、これだけはたしかだ。

痩せっぽちのこの子は、とてもお腹を空かせている。

野良猫のような目をした、女の子。手足もきっと、冷えきっている。

彼女を迎え入れようと、明日美は勝手口のドアを大きく開けた。

「大丈夫、入っておいで。具だくさんの豚汁、温めてあげる」

本書は、「婦人公論.jp」に 2023 年 7 月 28 日から
2024 年 5 月 10 日まで連載された
「赤羽せんべろ まねき猫」を加筆、修正したものです。

装画　つちもちしんじ

装幀　岡本歌織（next door design）

坂井希久子

1977年和歌山県生まれ。同志社女子大学学芸学部日本語日本文学科卒業。2008年「虫のいどころ」で第88回オール讀物新人賞を受賞。2015年『ヒーローインタビュー』が「本の雑誌増刊　おすすめ文庫王国2016」のエンターテインメント部門第1位に選ばれる。2017年『ほかほか蕗ご飯　居酒屋ぜんや』で第6回歴史時代作家クラブ賞新人賞を受賞。著書に『何年、生きても』『華ざかりの三重奏』『セクシャル・ルールズ』『たそがれ大食堂』『おじさんは傘をさせない』『妻の終活』、「居酒屋ぜんや」シリーズなどがある。

赤羽《あかばね》せんべろ　まねき猫《ねこ》

2024年10月25日　初版発行

著　者　坂井希久子《さかいきくこ》

発行者　安 部 順 一

発行所　中央公論新社

〒100-8152　東京都千代田区大手町1-7-1
電話　販売 03-5299-1730　編集 03-5299-1740
URL https://www.chuko.co.jp/

ＤＴＰ　平面惑星
印　刷　大日本印刷
製　本　小泉製本

Published by CHUOKORON-SHINSHA, INC.
Printed in Japan　ISBN978-4-12-005844-8 C0093

中央公論新社の本

単行本

邪《や》行《こう》のビビウ

東山彰良

呪術で死者を操る十七歳の邪行少女ビビウ・ニエは、政府軍と反乱軍が争う戦場で何をしたのか？　直木賞作家がふたたび戦争を描いた、美しくも切ない大河小説。

嘘つきな彼との話

三羽省吾

わけあって故郷に背を向け、孤独に、不器用に生きる二十歳の一郎と二十四歳の辰巳。魂が惹かれ合うように運命的な出会いを果たした二人の、感涙の人生ドラマ。

ぼくらは、まだ少し期待している

木地雅映子

高校三年の輝明は、失踪した同級生あさひの行方を追い始める。彼女の過酷な生い立ちを知った輝明は……。名作『氷の海のガレオン』の著者、十年ぶりの新作。